LE MONSTRE

르 몽스트르

아고타 크리스토프

박철호 옮김

추천의 말

———

몇 년 전 아고타 크리스토프가 쓴 희곡 몇 편을 읽다가 그 자리에서 과녁처럼 관통당한 이후 이 희곡집이 한국에 출간되어 나오기를 그 어떤 책보다 애타게 기다렸다. 이 괴물 같은 작품들을 누군가 읽지 못하고 있다는 것이 못 견디게 초조할 정도였다.

빛 하나 없는 암담한 현실, 그 비열한 어둠 속에 꼼짝없이 갇혀 위악과 허구로 삶을 견디는 인물, 중요한 것은 여백에 숨겨둔 암시적이면서 간결한 문체, 치명적인 블랙 유머— 이런 그의 소설 속 특징들이 희곡이라는 장르와 만나 어떤 면은 더욱 노골적으로 도드라지고 어떤 면은 더욱 모호하게 감춰지는데, 또 다른 입체성을 가진 여전한 그의 세계에 완전히 매혹됐다. 무엇보다 표면에 펼쳐놓은 이야기의 일부가 사실 허구라는 것이 대사와 행위로 보다 직접적으로 드러날 때마다, 세상에는 세상의 언어 체계로는 그 복잡함을 담아낼 수 없어 허구를 통해서야 겨우 말할 수 있을 만큼 잔혹하고 서글픈 진실이 있다는, "가장 슬픈 책들보다도 더 슬픈 인생이 있"고야 만다는 '진실'이 더욱 날을 바짝 세우고 다가와 가차 없이 마음을 헤집는다.

절대 잊어서는 안 될 이 진실을 아고타 크리스토프처럼 문학적으로 아름답게 그리고 지독하게 영혼에 새겨주는 작가가 또 있을까. 그의 소설이 그토록 오랜 시간 수많은 이의 '인생 책' 목록에 들어 있듯이 이 책 역시 누군가에게는 분명 그렇게 될 것이다.

김훈비(작가)

———

솔직히 고백해 나는 이 글을 쓰기 전까지 희곡을 진지하게 읽어본 적이 없다. 아고타 크리스토프의 『르 몽스트르』가 제대로 읽은 첫 희곡인 셈이다. 그래서 나도 신출내기 희곡 독자가 으레 그러하듯 의욕에 차서 방구석에서 이리저리 목소리를 바꿔가며 대사를 소리 내어 읽다 목이 아파 속으로 읽기 시작했다. 낭독이 선사하는 에너지와 리듬이 서서히 묵독의 집중과 골똘함으로 바뀌었고—낭독과 묵독, 두 방식의 읽기가 가능하다는 점이 희곡의 큰 장점임을 알게 되었다— 곧 정신없이 책에 빠져들었다.

'시작이 너무 좋아 좋지 않다.' 여덟 편의 작품을 다 읽고 떠오른 생각은 이것이었다. 『르 몽스트르』가 처음으로 완독한 희곡집이라는 점이 즐거운 독이 된 듯했다. 『르 몽스트르』, 특히 「배회하는 쥐」가 향후 희곡 독자로서의 삶의 기준점이 되었기 때문이다. 앞으로 읽을 모든 희곡은 「배회하는 쥐」와 경쟁해야 하리라. 무대, 시간, 세계를 포스트잇처럼 떼었다 붙였다 하며, 극히 단순한 구조로 불안하고 임시적인 세계를 경제적으로 그린 이 환상적인 희곡과 말이다. 이것을 초심자의 행운이라고 해야 할지, 저주라고 해야 할지.

아고타 크리스토프에 관해 말하며 언어의 경제성을 거론하지 않기란 어렵다.『존재의 세 가지 거짓말』에서 나타나는 작가의 간결하고 함축적인 언어가 희곡에서는 심지어 극대화되었다. 구구절절한 설명이나 세세한 묘사 따위 필요 없다는 듯 그는 한 줌의 대화로 세상을 세웠다가 부순다. 그의 희곡을 읽으며 머릿속에서 무수한 풍경이 시시각각 변하며 나만의 연극이 그려졌다. 이제 나는 이 희곡들을 연극으로 볼 수 있길 고대하며 인터넷을 검색하곤 한다. 아직까지는 소식이 없다. 하지만 괜찮다. 그때까지 이 책을 읽고 또 읽으면 되니까.

이미상(소설가)

역자 서문

아고타 크리스토프를 알게 된 건 프랑스 파리 유학 시절 친구의 집 책장에 꽂혀 있던 문고판 『비밀 노트Le Grand Cahier』를 통해서였습니다. 호기심에 집어 들었다가 워낙 재미있어서 앉은자리에서 다 읽고 말았습니다. 친구에게 작가의 3부작 중 나머지 두 권을 빌려 집으로 돌아가는 길, 두근거리는 가슴을 진정시킬 수가 없었습니다. 당시 유학생이던 제가 그 정도로 몰입해서 읽을 수 있는 프랑스 소설은 아고타 크리스토프의 작품이 유일했습니다. 작가에게 프랑스어는 모국어가 아니었기에 저 같은 외국인이 읽어도 빠져들 만큼 쉽고 간결한 언어를 써서 더 그랬던 것 같습니다. 무엇보다 그가 쓰는 단어들에는 의미가 상징적으로 함축되어 있어서 '언젠가 이 소설을 연극으로 만들면 좋겠다'라는 생각을 했는데, 나중에 알고 보니 이미 프랑스에서는 여러 극단에서 희곡으로 각색해 공연을 올리고 있었습니다.

아고타 크리스토프를 다시 만난 건 그로부터 15년이나 지나서였습니다. 당시 저는 한국에 들어와 프랑스어 교습을 하고 있었는데, 기존 교재를 보완할 적당한 텍스트를 찾다가 그의 책을 떠올렸습니다. 프랑스 아마존을 통해 구입한 전집에는 소설뿐 아니라 희곡 작품들까지 총 망라되어 있었습니다. 아고타 크리스토프가 쓴 희곡이라니! 그의 간결하면서도 함축적인 문장들은 프랑스어 교재로 더할 나위 없이 훌륭했습니다.

아고타 크리스토프의 희곡은 그가 쓴 소설보다 훨씬 더 상징적입니다. 또 전쟁과 문명, 자본주의, 페미니즘 같은 동시대적 이슈가 고스란히 담겨 있지요. 소설의 내레이션 구조가 사라진 자리에는 인간의 깊고 어두운 내면이 더욱 도드라집니다. 그의 희곡들은 날카로운 칼을 품고 있습니다. 그런데 그 칼이 향하는 방향은 모호합니다. 머리를 노리는 듯하다가 어느 순간 심장으로 바로 치고 들어옵니다. 우리는 무방비 상태에서 그의 칼을 받아들일 수밖에 없습니다. 그래서 후유증이 오래 남습니다.

아고타 크리스토프의 희곡이 지닌 매력에 푹 빠져 무작정 번역을 시작했고, 오랜 기다림 끝에 국내 독자들에게 선보이게 되었습니다. 그가 남긴 여덟 편의 희곡으로, 위대한 소설가뿐 아니라 위대한 극작가로서의 아고타 크리스토프와 만나길 바랍니다.

2023년 봄
박철호

일러두기

- 본문의 각주는 모두 옮긴이 주입니다.
- 외국어의 인명과 지명은 국립국어원의 외래어표기법을 참고하되, 가독
성을 위해 일상에서 자주 쓰는 발음이 있다면 그것을 살렸습니다.
- 이 책에 수록된 모든 희곡의 공연 저작권은 원저작권자에 있으며, 그와
관련한 모든 사항은 반드시 원저작권자와 협의해야 합니다.

차례

존과 조

●

이 작품은 1975년 스위스 뇌샤텔Neuchâtel에서 앙리 팔릭Henry Falik의 연출로 카페 뒤 마르셰에서 초연되었고, '스위스 로망드 라디오'에서 방송되었다. 1993년에 독일어로 번역되었으며, 아고타 크리스토프의 희곡 중 독일에서 아마도 가장 인기 있는 작품일 것이다. 독일, 오스트리아 그리고 스위스에서 정기적으로 공연되면서 1998년에 앙드레 스타이거André Steiger 연출로 뇌샤텔의 타코 극장에서 프랑스어로 공연되었다. 이 희곡은 일본에서도 1995년 이후 여러 극단에 의해 무대에 올랐으며 단기간에 큰 성공을 거두었다.

등장인물

존

조

웨이터

무대

어떤 작은 공간. 테이블 두 개와 의자들이 놓인 카페의

테라스. 무대 안쪽에는 카페의 문이 있다.

제 1 장

존은 무대 왼쪽에서, 조는 오른쪽에서 등장한다. 두 사람 모두
초라하지만 제법 멋을 낸 옷차림이다. 나이는 사십대로 보인다.
존과 조는 무대 중앙의 테이블들 앞에서 마주친다.

존   헬로, 조!

조   헬로, 존!

존   여기서 뭐 하나?

조   나?

존   그래, 너.

조   나야 산책 중이지. 너는?

존   나도 산책 중이야.

조   아!

존   같이 산책할까?

조   산책이라…….

존   아니면 같이 좀 앉을까?

조   아니면 같이…….

존   목마르지 않아?

조   나?

존	그래, 너.
조	아니, 뭐 그다지.
존	넌 정말! 난 목말라.
조	아!
존	같이 한잔할래?
조	존, 네가 원한다면.

존과 조가 테이블에 앉자 바로 웨이터가 나온다. 웨이터는 한 손에는 주문서를, 다른 손에는 연필을 들고 꼿꼿하게 서 있다.

존	주문해야지, 조?
조	내가?
존	그래, 너.
조	음, 너는?
존	너하고 같은 걸로.
조	(웨이터에게) 물 한 잔 주세요.
존	(조의 말을 제대로 듣지 않은 채) 두 잔이요.
웨이터	(주문서에 적으면서) 물 두 잔.

웨이터, 카페 안으로 들어간다.

존	오늘 날씨 좋지, 조?
조	어, 그래, 존.

침묵.

존	어때, 잘 돌아가나?
조	뭐가?
존	뭐긴. 전부 다지.
조	그런대로.
존	아, 그래?
조	응.
존	넌 정말!
조	내가?
존	그래, 너. 잘 들어. 너 때문에 짜증 난다고!
조	내가?
존	그래, 너.
조	내가 짜증 나게 한다고?
존	그래, 너 때문에 짜증 난다고!
조	왜?
존	내가 뭘 물어보면 넌 항상 '내가?' 이렇게 되묻잖아.
조	내가?
존	보라고!
조	뭘?

웨이터가 다시 와서 테이블에 물 두 잔을 놓고 퇴장한다.

존	(잔을 바라보면서) 뭐야 이게, 조?
조	물이지, 존.
존	너, 물을 주문한 거야, 조?
조	응, 존.

존	왜, 조?
조	그럼 안 되나, 존?
존	(무대 안쪽을 향해) 웨이터! 커피 두 잔! (조에게) 이래서 네가 짜증이 난다고, 조!
조	내가?

존은 대꾸하지 않은 채 피아노 치듯이 테이블을 손가락으로 두드린다. 웨이터가 커피 두 잔을 놓고 퇴장한다. 조는 커피에 설탕을 두 조각 넣는다. 존은 넣지 않는다.

조	존?
존	왜, 뭔데?
조	설탕 안 넣을 거야?
존	안 넣을 거야.
조	그럼 네 설탕 써도 될까?
존	왜? 네 설탕 안 줬어?
조	나? 아니, 줬어.
존	그럼, 왜 내 설탕을 달라는 거야?
조	그건, 네가 안 쓰니까, 존.
존	알았어, 가져가.

조는 존의 설탕을 가져가서 자신의 커피에 또 두 조각 넣는다. 그리고 오랫동안 젓는다. 맛을 본다. 존도 자신의 커피 맛을 본다.

존	맛있어?

조   뭐가?

존   네 커피.

조   내 거?

존   그래, 네 거, 맛있냐고.

조   맛없어. 왜?

존   왜라니?

조   맛있냐고 왜 물어보는 거야?

존   그냥.

조   그럼 네 건, 존?

존   내 거라니 뭐?

조   네 커피, 맛있냐고.

존   아, 맛없어.

조   왜?

존   설탕을 안 넣었잖아.

조   내 건 너무 달아.

숨 막힐 듯한 침묵이 흐른다.

존   좋은 생각이 있어, 조!

조   네가?

존   그래, 내가.

조   뭔데?

존은 물 잔을 하나 들더니 물을 바닥에 쏟는다. 그리고 커피 두
잔을 물 잔에 붓고는 섞는다. 섞은 커피를 커피 잔에 각각 다시

따른 다음, 한 잔은 조에게 건넨다.

존 맛을 봐!

조 뭘?

존 네 커피!

조 아까 맛봤는데?

존 다시 맛을 보라고!

조가 커피 맛을 본다.

존 어때?

조 뭐가 어때?

존 맛이 있냐고.

조 아니.

존 하지만 이젠 너무 달진 않지?

조 응, 너무는 아냐.

존 그럼, 뭐야?

조 아냐, 아무것도.

존 그런데 왜 맛이 없냐고.

조 나도 잘 몰라.

존도 자신의 커피를 맛본다.

조 여전히 설탕 맛이 안 나나?

존 아니, 설탕 맛은 나.

조   그럼, 맛이 있나?

존   아니.

두 사람은 슬픈 듯이 서로를 바라본다.

존   조, 좋은 생각이 떠올랐다!

조   네가?

존   그래, 내가.

조   또?

존   그래.

조   뭔데?

존   보면 알아. (무대 안쪽을 향해) 웨이터!

웨이터가 등장한다.

존   플럼 브랜디 두 잔 주세요!

웨이터   플럼 브랜디 두 잔.

웨이터가 퇴장한다.

존   어떻게 생각해?

조   나?

존   너.

조   뭘?

존   내 아이디어!

조 　 어떤 아이디어?

존 　 플럼 브랜디.

조 　 아!

존 　 '아'라니? 너 플럼 브랜디 좋아해?

조 　 좋아하지, 존. 정말정말 좋아하지.

존 　 그럼 플럼 브랜디 한 잔 주문한 건 좋은 생각 아닌 가?

조 　 두 잔이야, 존, 플럼 브랜디 두 잔.

존 　 알았어. 일인당 한 잔씩이란 말이지. 진작 플럼 브랜디를 주문했어야지. 왜 물 따위를 주문한 거야, 조?

조 　 그럼 넌 왜 커피 따위를 주문한 거야, 존?

존 　 보라고, 플럼 브랜디가 오면 커피 맛이 근사해질 테니.

웨이터가 등장해 플럼 브랜디를 내려놓고 퇴장한다.

존 　 커피에 섞을 거야?

조 　 나?

존 　 너.

조 　 뭘?

존 　 플럼 브랜디.

조 　 오, 그건 안 되지, 존.

존 　 왜?

조 　 플럼 브랜디 맛 다 버리라고?

존		그렇지, 나도 그렇게 생각해.

두 사람은 플럼 브랜디를 마신다.

조		맛있네.
존		맛있어.

	침묵.

조		쏘제라고 알지?
존		쏘제?
조		쏘제.
존		어떤 쏘제?
조		쏘제.
존		(골똘히 생각하면서) 쏘제……? 쏘제……?
조		누구?
존		쏘제.
조		난 그런 사람 모르겠는데.
존		모른다고?
조		나? 몰라.
존		그럼, 왜 그 사람을 아느냐고 물어보는 거야?
조		너도 모른다고?
존		몰라. 쏘제가 어쨌는데?
조		어떤 쏘제?
존		너의 그 쏘제!

조   나의 쏘제? 내 쏘제가 아니지!

존   네가 말한 쏘제! 너 도대체 왜 그래?

조   아무것도 아니야.

존   조, 이 미친놈아! 너도 쏘제를 모르면서, 왜 나한테
     쏘제 이야기를 하는 거야! 아, 짜증 나네, 넌 진짜
     짜증 나는 놈이야!

조   내가?

존   그래!

조   왜?

존   됐어!

     침묵.

조   들어봐, 존. 난 대화를 하려고 그렇게 말한 거야.
     이게 잘못됐어?

존   알았어, 알았다고. (무대 안쪽을 향해) 웨이터!

조   웨이터는 왜 불러?

존   플럼 브랜디 한 잔 더 마시려고 그런다.

조   한 잔?

존   두 잔, 네가 원한다면, 조. 너도 한 잔 더 마시고 싶
     다 이거지, 조?

조   물론 더 마시고 싶지, 존. 더 마시고 싶어.

     웨이터가 등장한다.

존	플럼 브랜디 두 잔 주세요. 그리고 커피는 치워주세요. 커피 이거 맛이 갔네요.
웨이터	플럼 브랜디 두 잔. 그리고 맛이 간 커피는 치우고.

웨이터가 커피를 들고 퇴장한다.

침묵.

조	그럼 그 사람 부인은? 부인도 역시 모르나?
존	누구 부인?
조	쏘제의 부인.
존	어떤 쏘제? 아, 몰라! 그럼 넌, 넌 그 사람 부인은 아는 거야?
조	누구?
존	그 사람 부인! 누구 부인이냐고 나한테 되묻지 마!
조	왜?
존	넌 알지, 쏘제의 부인? 알아, 몰라?
조	몰라. 난 그 여자 몰라.
존	뭐라고?
조	'뭐라고'라니?

존은 아무 대꾸 하지 않는다. 웨이터가 플럼 브랜디 두 잔을 가지고 와서 놓고, 퇴장한다.

조	생각해봤는데, 존…….
존	응, 조?

조	그것에 대해 자주 생각하거든, 존.
존	그게 뭔데, 조?
조	아, 그렇게 중요한 건 아니지만.
존	그래도 어쨌든 얘기해봐, 조.
조	널 지루하게 하고 싶지 않아, 존.
존	그러고 싶지 않다고? 정말, 조?
조	'정말'은 아니야, 존.
존	그러니까 말해봐, 얼른. 뭘 자주 생각한다는 거야, 조?
조	그런데 정말 화 안 낼 거지, 존? 아까 쏘제 이야기처럼?
존	어떤 쏘제? 아, 이런 젠장, 조! 너 정말 못 말리겠구나!
조	나?
존	고함이라도 치고 싶다!
조	왜, 존?
존	(부드럽게) 조, 사랑하는, 정말정말 사랑하는 친구야. 말해봐, 제발. 뭘 자주 생각한다는 거지?
조	내가?
존	그래, 너. 사랑하는 내 친구.
조	지금은 모르겠어, 존. 잊어버렸어. 네가 아까 고함 치고 싶다고 할 때, 정말 무서웠거든.
존	그건 그저 웃자고 한 말이야.
조	아, 그래.
존	자, 그럼, 말해봐. 무슨 생각을 한다는 거야?

조   이야기했잖아. 지금은 모르겠다고.

존   알았어, 알았다고. 계산이나 하자.

조   아, 맞아. 이제 생각났다.

존   어, 그래?

조   응. 이 세상에 돈깨나 있는 놈들이 어떻게 존재하
      는지 궁금했어. 많은 돈을, 늘 갖고 있잖아. 그놈들
      은 돈을 쓰고 써도, 또 돈이 있잖아. 언제나. 넌 그
      게 이해가 가?

존   하지만 조. 이해고 뭐고 할 게 뭐 있어. 그저 돈이
      있는 거라고. 그게 다야.

조   그럼 다른 사람들은? 왜 돈이 없는 건데?

존   아주 간단하지. 그저 돈이 없을 뿐이라고. 그게 다
      지.

조   하지만 있는 놈들은 그 돈이 어디서 나는 걸까? 그
      돈은 어딘가에서 나오는 거잖아. 안 그래?

존   물론 그렇지. 아마도 아버지한테 물려받았겠지.

조   그럼 그 아버지들은? 그 돈이 어디서 난 거지? 그
      아버지들의 아버지들이 준 건가?

존   그렇지. 그 아버지들의 아버지들이 준 거지.

조   하지만 그 아버지들의 아버지들이 그 돈을 갖기 전
      에, 최초의 부자 아버지는 그 돈이 어디서 난 거지?

존   그건 나도 모르지. 분명 열심히 일했을 거야.

조   넌 아무 생각이 없구나, 존. 난 온종일 일만 하는
      사람들 많이 알거든. 어떻게 사람이 종일 일만 할
      수 있어? 그런데도 그 사람들은 돈 없거든. 있어도

아주 조금밖에 없어. 겨우 입에 풀칠할 정도밖에 없다고. 그게 다야.

존   네가 그런 사람이 아니라서 행복하겠다.

조   하지만 나도 일했다고, 존.

존   그래? 언제?

조   가끔씩. 맞아, 내가 젊었을 때.

존   돈은 많이 못 벌었지, 조?

조   그렇지, 존. 일한다고 돈을 많이 버는 건 아니라는 거 너도 잘 알잖아.

존   그럼 뭘 해서 돈을 벌지?

조   그게 바로 내가 궁금한 거야.

존   유식해지면 될까?

조   (매우 슬퍼하면서) 아, 존! 설마 돈 없는 사람들은 무식하다고 말하려는 건 아니지? 예를 들면, 나나…… 너처럼?

존   물론 아니지, 아니야. 네 말이 맞아, 조. 돈은 없어도 유식한 사람들은 나도 한 무더기 알거든.

조   그럼?

존   '그럼'이라니?

조   그럼 유식한 것과는 관계없는 거잖아.

존   그래, 그렇지.

조   그럼, 뭐냐고?

존   나도 몰라, 모른다고! 운이 좋았거나, 아님 장사 수단이 있었겠지! 넌 도대체 내가 어쨌으면 좋겠다는 거야? 우리는 돈이 없다고, 그게 포인트야. 이상, 끝! 그리고 앞으로도 돈이 없을 거고.

조　　그렇지, 존.

존　　'그렇지'라니?

조　　그렇다고. 계산은 어떻게 할 거야?

존은 테이블 위의 계산서를 집어 들고 셈을 한다.

존　　물이 두 잔이라⋯⋯ 2,000원, 커피가 두 잔이면⋯⋯
　　　4,000원에, 플럼 브랜디 두 잔⋯⋯ 8,000원, 그리고
　　　또 플럼 브랜디가 두 잔이면 8,000원⋯⋯ 다 해서 2
　　　만 2,000원이네, 거기다 팁까지 주면 2만 4,000원.
　　　이걸 둘로 나누면⋯⋯ 각자 1만 2,000원씩 내면 되
　　　겠다.*

조　　잠깐, 미안하지만, 존⋯⋯.

존　　'미안하지만'이라니, 조?

조　　내가 주문한 건 물 한 잔뿐인데. 너도 알잖아.

존　　무슨 소리야?

조　　무슨 소리냐 하면, 존, 난 돈 없어. 한 푼도 없어.

존　　네가 마신 커피 한 잔하고 플럼 브랜디 두 잔 값까
　　　지 내가 낼 거라고 생각하는 건 아니겠지?

조　　몰라, 존. 난 아무 생각도 없어. 내가 아는 건 내 주

---

*　　원문은 다음과 같다. 2,000원=1프랑, 4,000원=2프랑, 8,000원=3프
　　랑, 2만 2,000원=9프랑, 2만 4,000원=11프랑, 1만 2,000원=5프랑
　　50센트.

머니에 단 한 푼도 없다는 거야.

존   그럼 넌 애초에 여기 앉지 말았어야지.

조   그래, 존…… 한데 네가 나한테 한잔 살지도 모른
        다고 생각했거든.

존   그건 말도 안 되는 생각이지. 넌 알잖아. 내가 누구
        에게 한잔 대접할 형편이 못 된다는 거.

조   그래서 물을 주문한 거야, 존. 네가 대접하는 게 아
        닐까 봐.

존   하지만 넌 플럼 브랜디를 두 잔이나 마셨잖아.

조   하지만 커피는 아니야, 존. 커피는 안 마셨어. 만일
        네가 그 맛이 간 커피만 주문 안 했어도 4,000원은
        안 내도 되잖아.

존   그럼 네가 주문한 물 두 잔은? 그것만 아니면 2,000
        원 안 내도 되잖아.

조   물값을 받을 거라곤 생각 못 했어, 존. 하지만 그
        커피 두 잔은…….

존   커피 두 잔 가지고 나한테 훈계하려는 거야, 조?
        어쨌든 네가 계산할 것도 아니면서.

조   아, 맞아, 존. 난 계산 못 하지.

존   하지만 나도 못 해! 나도 두 사람 몫을 계산할 여
        유는 없어. 내가 돈이 있다고 쳐도, 너한테 플럼 브
        랜디를 두 잔이나, 거기다 커피끼지 사줄 마음이
        있을 리가 없잖아.

조   그 커피는 난 안 마셨다니까, 존. 네가 그 커피는
        주문하지 말…….

존	됐어, 됐다고! 이제 우리 어쩌지?
조	플럼 브랜디를 두 잔 더 마시면 어떨까?
존	야, 이 미친놈! 지금까지 마신 것도 계산하려면 돈이 모자란다니까!
조	내 말이 그 말이야. 어차피 계산 못 할 거면 플럼 브랜디를 네 잔 마시나 여섯 잔 마시나 뭐가 달라?
존	안 돼, 안 돼. 난 마시고 싶지 않아. 방법을 생각해야 해.
조	우리가 할 수 있는 게 딱 하나 있긴 하지, 존.
존	뭔데, 조?
조	우리가 계산 못 할 때 매번 하던 거.
존	네 말이 맞다, 조. 그게 유일한 방법이지. 하지만 그러면 이 집에 다시 못 올 텐데.
조	다시 안 오면 그만이지.
존	여기 꽤 괜찮은 집인데.
조	다른 카페를 찾을 수 있을 거야, 존. 더 근사한 곳.
존	좋았어, 그럼 해보자고.
조	떠나기 전에 플럼 브랜디 두 잔 더 마시자, 존. 우리가 여기 다시는 안 올 거라면 말이야.
존	안 돼, 조. 더 이상 보채지 마. 어서 가자고.

두 사람은 일어서서 까치발로 왼쪽 출구를 향해 테이블에서 점점 멀어진다. 웨이터가 나온다.

| 웨이터 | 선생님들! |

존과 조, 멈춰 선다. 뒤를 돌아보곤 창피한 표정으로 테이블로 돌아온다. 웨이터는 조가 놓고 간 모자를 의자에서 집어 든다.

웨이터	모자를 챙기셔야죠, 선생님.
조	오, 고맙습니다.
존	가려고 한 게 아니라…… 음…… 음…… 다리운동을 좀 하려고…….
웨이터	뭐 더 필요한 게 있으신가요?
존	아, 네, 뭐 별로. 조, 뭐 더 마실 거야?
조	나?
존	너.
조	물론이지, 플럼 브랜디 한 잔.
존	안 돼. 우리 지금 바쁜 거 잘 알면서 그래.
조	우리가 바쁜가? 뭐 하는데 바쁘지, 존?
존	할 일이 산더미야, 조.
웨이터	그럼 계산해드릴까요?
존	물론이지요, 물론. (조에게) 네 지갑 줘봐!
조	하지만 존, 지갑엔…….
존	내놔, 좋은 말로 할 때!
조	(지갑을 건네주면서) 거기 있는 4,000원은, 있잖아, 존, 내일 아침에 마실 커피값이야. 신문도 사야 하고. 그 돈은 안 뺏어갈 거지, 존?
존	할 수 없어, 조. (지갑의 내용물을 테이블 위에 비운다.) 정확하네, 4,000원. 그리고 티켓이 한 장 있네. 무슨 티켓이지, 조?

조   복권이야, 존.

존   (웨이터에게) 다 얼마지요?

웨이터 2만 2,000원입니다, 선생님. 팁은 포함 안 된 거고
        요.

존은 마지못해 테이블 위에 2만 3,000원*을 올려놓는다. 웨이
터는 돈을 챙기고, 빈 잔들을 들고 퇴장한다.

조   내 4,000원 챙긴 거야, 존?

존   물론이지, 조, 네 복권도. (조에게 빈 지갑을 돌려준
        다.) 4,000원하고 복권, 다 더하면 1만 원**이네.
        너 나한테 1,500원*** 더 줘야 해, 조.

조   내일 갚을게, 존. 네 돈 1,500원.

존   믿을게. 조, 자 이제 가자고. 한데 조, 복권 살 생각
        을 다 하다니, 거참!

두 사람은 왼쪽으로 퇴장한다.

---

*   원문은 10프랑 50센트.
**   원문은 5프랑.
***   원문은 25센트.

제 2 장

다음 날 같은 시각, 같은 배경.

존은 무대 왼쪽에서, 조는 오른쪽에서 등장한다. 존은 새 옷을 입고 매우 흥겨워한다. 조는 어제와 똑같은 차림새로 등장한다.

존   헬로, 조!

조   헬로, 존!

존   여기서 뭐 하나?

조   나?

존   그래, 너.

조   나야 산책 중이지. 너는?

존   나도 산책 중이야.

조   아!

존   같이 산책할까?

조   산책이라…….

침묵.

존   뭔가 바뀐 것 모르겠어, 조?

조   나?

존   너.

조   바뀐 것이라니?

존   그래, 뭔가 바뀐 것 모르겠냐고?

조   모르겠어, 존. 아무것도.

존   잘 보라고, 조!

조   뭐를, 존?

존   예를 들면, 내 재킷, 아니면 내 넥타이, 조.

조   잘 보고 있어, 존. (존의 옷을 바라본다.)

존   그래서, 조?

조   '그래서'라니?

존   뭔가 바뀐 것 모르겠냐고.

조   전혀, 존.

존   이게 다 새것인 걸 모르겠냐고.

조   오! 다 새거야?

존   새것처럼 안 보이나?

조   맞네. 그렇게 말하니 잘 보이네.

존   어떻게 생각해, 조?

조   나?

존   너.

조   뭐를, 존?

존   내 재킷과 넥타이!

조   멋진데! 너한테 아주 잘 어울려.

침묵.

존 　테라스에 앉아서 한잔할까?

조 　그러고 싶지만, 존. 난 겨우……

존 　알아, 내일 아침에 마실 커피값 4,000원밖에 없다는 거.

조 　신문도, 존.

존 　그래, 신문도. 하지만 오늘은 내가 한턱낼게, 조.

조 　뭐라고?

존 　내가 한턱낸다고. 내가 한잔 살게.

조 　네가 한잔 사겠다고?

존 　그래, 맞아.

조 　나한테?

존 　그렇다니까, 이리 와!

조 　진심이야, 존?

존 　진심이야.

조 　농담 아니지?

존 　절대로, 조.

조 　어제처럼 내 돈 4,000원 안 뺏어갈 거지, 존?

존 　아니야, 아니라니까, 조. 안심해. 내가 다 낸다니까.

조 　그런데 네 돈 1,500원은, 있잖아……

존 　신경 쓰지 마.

조 　미안해, 존. 지금은 갚을 수 없을 것 같아.

존 　신경 안 써도 된다니까.

조 　안 갚아도 된다고?

존 　그래, 필요 없어, 조. 그건…… 그래, 선물이라고 생각해.

조	고마워, 존, 정말 고마워.
존	이리 와서 앉으라고.

두 사람은 테이블로 다가온다. 조가 멈칫거린다.

조	정말이지, 존?
존	(앉으면서) 이리 오라니까!
조	알았어, 좋아. (자리에 앉는다.)
존	뭐 마실래, 조?
조	너는, 존?
존	플럼 브랜디 한 잔. 원하는 것 뭐든 주문해도 돼, 조.
조	정말로, 존?
존	혹시 배고프진 않아, 조?
조	나?
존	그래, 너.
조	그건 왜 묻지, 존?
존	왜냐하면 먹을 것 시켜도 되니까. 샌드위치, 아니면 이 집에 있는 것 아무거나.
조	그것도 네가 계산한다는 거야, 존?
존	물론이지. 좀 전에 이야기했잖아.
조	너는, 존? 너는 배 안 고파?
존	아냐, 난 아까 점심에 엄청나게 먹었어. 달팽이 요리에 생선구이, 스테이크, 치즈, 그리고…….
조	그걸 다 먹었단 말이야, 존?
존	그래, 그래서 지금은 안 먹는 거야. 그냥 플럼 브랜

디만 몇 잔 마실 거야.

조　　　　몇 잔이나, 존? 플럼 브랜디를 몇 잔이나?

존　　　　먹고 싶은 만큼.

웨이터가 등장한다. 주문서를 들고 움직이지 않고 서 있다.

존　　　　나는 플럼 브랜디 한 잔. 조, 결정했어?

조　　　　나?

존　　　　(웨이터에게) 혹시 샌드위치 있나요? 아니면 다른
　　　　　요깃거리가 있나요?

웨이터　 있지요, 선생님. 햄샌드위치도 있고, 살라미샌드
　　　　　위치도 있습니다.

존　　　　조, 뭐가 더 좋아? 햄, 아니면 살라미?

조　　　　햄, 아니면 살라미? 난…… 잘 모르겠어, 존. 햄을
　　　　　정말 좋아하긴 하지만, 살라미도 역시……. 그래,
　　　　　살라미는 진짜 좋아하지. 그리고 햄도 역시…….

존　　　　오케이, 조. (웨이터에게) 햄샌드위치 한 개, 그리
　　　　　고 살라미샌드위치도요. (조에게) 마실 건? 와인?
　　　　　맥주? 샌드위치하고 뭘 마실래?

조　　　　오오, 존, 나 레드와인 엄청 좋아하잖아. 하지만 내
　　　　　가 좋아하는 건…… 내가 좋아하는 건 플럼 브랜디
　　　　　인데.

존　　　　플럼 브랜디는 좀 있다가 식사 후에 마시면 되지,
　　　　　조. (웨이터에게) 샌드위치하고 와인 반병 부탁해
　　　　　요.

웨이터, 주문을 받아 적고는 퇴장한다.

조   정말 이거 전부 네가 계산한다는 거야, 존?

존   정말이야, 조. 걱정하지 마.

조   이거 다 계산할 돈이 정말 있어, 존? 진짜 돈 많이
        나올 텐데.

존이 지갑을 꺼내더니 지폐를 한 다발 빼서 조에게 보여준다.

존   자, 보라고, 조! 하나, 둘, 셋, 넷, 다섯……. 50만 원*.
        그리고 여기 1,000원짜리**도 또 있고.

조   오, 존!

존   이제 안심할 거지, 조?

조   알았어, 존. 안심, 아주아주 안심이야.

웨이터가 주문한 것들을 들고 와서 테이블 위에 놓고 퇴장한다.

조   (샌드위치를 바라보면서) 이거 먹고 나서 플럼 브
        랜디도 마실 수 있다는 거지, 존? 식사 후에 플럼
        브랜디 마셔도 된다고 했지, 존?

존   그래, 그래. 어서 먹으라고.

조   (햄샌드위치를 맛보며) 정말 맛있다. 이 안에 오이

*   원문은 500프랑.
**   원문은 동전.

피클도 들어 있어. (다른 샌드위치도 맛본다.) 이것
도 정말 맛있네. 여기엔 머스터드도 넣었어. 나 머
스터드 정말 좋아하잖아. 머스터드 빠진 햄샌드위
치는 진정한 햄샌드위치가 아니라고. (와인도 마신
다.) 이것도 정말 죽이네. 이 와인 이거.

조가 허겁지겁 먹는다. 샌드위치를 한 입 베어 물고, 이어서 다
른 샌드위치를 또 한 입 베어 문다.

존	네가 즐거워하니, 나도 기쁘다, 조.
조	넌 좋은 놈이야, 존. 정말 좋은 놈이야.

침묵.
조는 음식을 씹고 있다.

존	궁금하지 않아, 조?
조	나?
존	그래, 너.
조	왜?
존	내게 어떻게 해서 이 많은 돈이 생겼는지 안 궁금해?
조	그래, 존. 별로 궁금하지 않아.
존	내가 왜 이렇게 돈이 많은지 알고 싶지 않단 말이 야?
조	뭐 그다지, 존. 네가 돈이 있어서 난 기분 좋아.
존	이 돈이 어디서 났는지 이야기하면 기분이 좋지는

않을걸.

조   이야기하고 싶으면 그렇게 해, 존. 하지만 하기 싫
            으면 하지 말고, 존.

존   알았어. 이야기할게. 그 돈은, 조, 복권에 당첨된
            거야.

조   복권?

존   그래. 100만 원*짜리가 당첨됐어, 조. 하지만 벌써
            반은 써버렸어. 50만 원하고 1,000원짜리 몇 개만
            남았어.

조   100만 원이나 당첨됐다고, 존? 정말 큰돈이네. 네
            가 당첨돼서 나도 기분 좋아, 존.

존   하지만 벌써 반은 써버렸는걸.

조   잘했어, 존.

존   이 재킷 사고, 와이셔츠, 넥타이……

조   멋진 재킷이야, 존. 넥타이랑 셔츠도 멋있고. 아주
            잘 샀어.

침묵.

조는 먹고 마신다.

존   기억 못 하는 거야, 조? 어제 내가 네 복권 가져갔
            었잖아.

조   그야 기억하지. 내 돈 4,000원도 가져갔었지, 존.

*   원문은 1,000프랑.

존	(천천히 말한다.) 조, 그 복권이 말이야, 네 복권이 당첨된 거야.
조	(씹는 것을 멈춘다.) 내 복권이, 존?
존	그래, 어제 내가 가져간 그 복권이, 조. 복권 추첨이 어제저녁이었어. 그래서 오늘 아침에 100만 원이 손에 들어온 거야. 안타까운 건 복권을 반쪽만 샀다는 거지. 조, 만일 네가 더블을 샀더라면, 200만 원이 당첨되는 거였는데……. 반쪽만 살 생각을 하다니, 조!
조	미안해, 존. 하지만 온전한 복권을 살 돈은 없었어.
존	안타깝네, 조. 정말 안타까워.

침묵.

조는 먹다 만 샌드위치가 있는 접시를 밀어놓는다.

존	더 안 먹어, 조?
조	나?
존	응, 너.
조	응, 존, 그만 먹을래.
존	왜, 조?
조	생각 중이야, 존.

침묵.

존	뭘 생각하는데, 조?

조   내 복권에 관해서, 존.

존   무슨 생각을 하는데, 조?

조   내 복권을 네가 뺏어가면 안 되었다는 생각, 존.

존   무슨 소리야, 조? 네 몫에 대해서는 돈을 냈어야지.

조   그래, 그건 맞아, 존. 하지만 내 몫은 오늘 갚아도
        됐잖아. 내가 당첨되었을 그 돈으로.

존   하지만, 조! 어제는 아무도 네 복권이 100만 원에
        당첨될 줄은 몰랐잖아. 만일 당첨이 되지 않았다
        면, 난 그냥 6,000원 날리는 거였고. 네 복권을 내
        가 받았을 때 난 그런 위험을 부담했던 거야, 조.
        네가 그 복권을 샀을 때와 똑같은 위험 부담을.

조   그래, 존, 맞아. 하지만 난 머리가 지금 아주 복잡
        하다고.

존   샌드위치나 마저 먹어, 조.

조   먹고 싶지 않아, 존.

존   플럼 브랜디는? 항상 마시고 싶어 했잖아.

조   그래, 존. 난 플럼 브랜디를 정말 좋아하지.

존   (무대 안쪽을 향해) 웨이터! (조에게) 보라고, 이렇
        게 너한테 많은 걸 사주잖아. 내가 얼마나 좋은 놈
        이야. 난 너한테 아무것도 안 사줘도 되지만 난 너
        를 좋아하니까, 조.

조   나도 마찬가지야. 나도 너를 좋아해, 존.

웨이터가 등장한다.

| 존 | 플럼 브랜디 두 잔. |
| 웨이터 | 플럼 브랜디 두 잔. |

웨이터가 퇴장한다.

조	존?
존	왜 그래, 조?
조	화내면 안 돼, 존. 하지만 내 생각엔…….
존	뭔데, 조?
조	네가 정말 친구라면, 그 100만 원을 나눠 가졌어야 하는 거 아닌가?
존	아니 왜, 조?
조	왜냐하면…… 그 복권은 어쨌든 내 거였잖아, 존. 네가 그걸 빼앗아가지 말았어야지.

웨이터가 다시 등장해서 테이블에 플럼 브랜디 두 잔을 놓고 퇴장한다.

존	이봐, 조. 이미 설명해줬잖아. 100만 원이 당첨되었을 때는 이미 그 복권은 네 소유가 아니었다고. 왜 복권을 더블로 사지 않았던 거야, 조!
조	어쨌든 네가 그 돈을 나하고 나눠 가져야 안 나고 생각해, 존. 적어도 아주 조금이라도 떼어 줘야지.
존	너한테 지금 이거 다 사주잖아! 이게 네 몫이라고!
조	아니, 조금 더 말이야, 존. 이것보단 좀 더 줘야지.

넌 진정한 친구가 아니야.

존   너 때문에 슬퍼지네, 조. 입장 바꿔 생각해봐. 네
         지갑에 50만 원이 있다면, 나에게 얼마를 줄 거야?

조   잘 모르겠어, 존. 난 네 입장이 될 수는 없다고.

존   왜, 조?

조   왜냐하면 내 재킷은 낡았잖아, 존. 게다가 내 지갑
         은 텅 비었고. 아니 지갑조차도 없지. 그저 주머니
         에 커피하고 신문 살 4,000원밖에 없어. 이런데 어
         떻게 네 입장이 될 수가 있겠냐고.

존   그저 상상해봐. 새 재킷을 입고 지갑에는 50만 원
         이 들어 있다고 상상해볼 수 있잖아, 조.

조   난 그런 능력이 없지, 존. 새 재킷도, 지갑도 없이
         어떻게…….

         침묵.

조   좋은 생각이 났다.

존   네가?

조   응, 내가.

존   놀랍군! 어떤 생각, 조?

조   만일 아주 잠깐 동안 네 재킷과 지갑을 빌려주면,
         네 입장이 될 수 있지 않을까, 존?

존   어?

조   그래, 널 이해할 수 있을 거야, 존. 그러면 네가 진
         정한 친구가 아니라는 말도 안 할게, 존.

존   정말 더는 그런 말 안 할 거지, 조?

조   정말이야, 존. 한번 해볼래, 존?

존   알았어……. 안 될 것도 없지. 해보자고. (재킷을 벗는다.) 하지만 아주 잠깐 동안만이야, 조.

조   알았어, 존.

두 사람은 서로 재킷을 바꿔 입는다.

존   어때, 조?

조   넥타이는 안 빌려줄 거야, 존? 그 넥타이 정말 맘에 든다. 그걸 매면, 확실히 네 입장이 돼볼 수 있을 것 같아.

존은 넥타이를 건넨다. 조가 넥타이를 맨다.

존   어때, 조?

조   조금만 기다려봐.

침묵.

조는 눈을 감는다. 행복해 보인다.

존   어때, 조?

조   뭐가?

존   내 입장이 되어봤냐고, 조.

조   아주 좋아, 존.

존   그래, 어떻게 생각해?

조   아무 생각도 안 나, 존. 네 주머니에 얼마가 남아
      있는 거지, 존?

존   (세어본다.) 9,500원*, 조.

조   그건 너 가져도 돼, 존. 어쨌든 어제 이후로 7,500
      원**을 너에게 빚졌으니까. 나머지는 그냥 너 줄
      게. 그리고 플럼 브랜디 두 잔도 사줄게. 네 저녁
      식사비도, 존, 내가 낼게. 다른 건 해줄 수 없으니
      까. 하지만 너무 많이 먹으면 안 돼. 과식은 몸에
      해롭거든.

존   뭔 소린지 모르겠어, 조.

조   그거 안됐군, 존. 나중에 설명해줄게. 난 지금 바쁘
      거든. (무대 안쪽에 대고) 웨이터! 계산 부탁해요!
      (존에게) 얼른 와이셔츠를 사러 가야 해.

존   네가 계산하려고, 조?

조   응, 내가 계산할 거야.

존   뭘 가지고, 조?

조   이걸로, 존. (지갑을 툭툭 친다.) 재킷이 그다지 내
      취향은 아니지만, 뭐 어쩔 수 없지.

존   돌려줘, 이제.

조   뭘, 존?

존   내 재킷, 조!

---

*   원문은 4프랑 60센트.
** 원문은 3프랑 25센트.

조   돌려주겠지, 내가 다른 재킷을 사게 되면, 존.

존   내 지갑도!

조   (슬픈 듯이) 그건 내 복권이었어, 존. 넌 내 복권을
            가로챈 거고. 하지만 그 와이셔츠는 너한테 그냥
            줄게.

존이 일어서서 조의 재킷을 잡아챈다.

존   내 재킷하고 내 돈 돌려줘!

두 사람은 주먹질 없이 서로 멱살을 잡고 실랑이를 벌인다. 존이
테이블을 뒤엎는다.

조   너무하네, 존. 이제 깨진 잔 값도 내가 내야 하잖아.

존   내 재킷 돌려줘! 내 넥타이! 내 지갑!

웨이터가 등장해 두 사람을 갈라놓는다.

웨이터   왜들 이래요?

조   저놈이 내 돈을 뺏으려고 하잖아요.

존   저놈이 내 재킷을 뺏어갔어요. 내 넥타이, 내 지갑도!

조는 재킷과 넥타이의 매무새를 다듬는다.

조   고소하겠어요. 저놈이 내 지갑을 뺏으려고 나를

공격했어요.

존 거짓말! 그건 내 지갑이야! 전부 다 내 거라고! 넥타이, 재킷, 지갑!

조 웃기는군요. 내가 어떻게 저 사람의 재킷과 넥타이를 뺏어서 내 것처럼 입고 맬 수가 있어요?

웨이터 맞는 말이네요. 어떻게 그럴 수가 있나요?

존 (웨이터에게) 하지만 보셨잖아요. 아까 내가 저것들을 입고 있는 걸 보셨잖아요.

웨이터 아, 제가요? 저는 모든 손님의 재킷과 넥타이를 보기는……

존 아주 잠깐 동안 저놈한테 내 재킷과 지갑을 빌려줬단 말이에요.

웨이터 농담하세요? 그럼 넥타이는요?

존 넥타이도요. 저놈한테 아주 잠깐 동안 빌려줬다니까요. 보세요. 재킷이 저놈한테 너무 크잖아요.

조 전혀. 난 원래 크게 입어요. 편안하거든요.

존 전부 다 내 거야!

웨이터 길모퉁이만 돌면 바로 파출소거든요. 두 분께선 거기 가서 해결하세요.

조 먼저 계산서 처리할게요. 다 얼마지요?

웨이터 깨진 잔 두 개, 접시 금 간 것까지 다 하면 4만 4,000원*이네요, 선생님.

---

*   원문은 22프랑.

조는 9만 원*을 건넨다.

조   9만 원 받으세요.

존   야, 너 미쳤냐!

웨이터   감사합니다, 선생님. 정말정말 감사합니다, 선생
         님. 선생님은 진정한 젠틀맨이시네요. 딱 보면 알
         겠어요.

존   오오, 그렇지! 진정한 친구지.

조   어서 파출소로 갑시다.

웨이터가 존의 팔을 붙잡는다. 모두 퇴장한다.

*   원문은 100프랑.

50

제 3 장

같은 배경.

조는 무대 왼쪽에서, 존은 오른쪽에서 등장한다. 조는 아주 잘 차려입었으며, 제2장에서 존에게서 빼앗은 재킷을 손에 들고 있다.

존   헬로, 조!

조   헬로, 존!

존   여기서 뭐 하나?

조   나?

존   그래, 너.

조   나야 산책 중이지, 너는?

존   난 감옥에서 나오는 길이야, 조.

조   오! 어찌 지냈어, 존?

존   그냥 그랬어, 조.

조   고생하진 않았어?

존   별로. 계속 잠만 잤거든.

조   아침은 뭘 먹었는데, 존?

존   렌즈콩수프, 조.

조   고기도 들어갔나?

존	맞아, 조. 아주 조금.
조	그렇게 나쁘진 않은데, 존.
존	그럭저럭 괜찮았어, 조.
조	그럼 어제 저녁으론 뭘 주던가?
존	감자수프, 조.
조	소시지 한 조각 들어간 거?
존	맞아, 아주 조그만 소시지 조각.
조	그리고 빵하고?
존	맞아, 빵 조각 큰 거 하나하고, 조.
조	그렇게 나쁘진 않은데, 존.
존	그럭저럭 괜찮았어, 조.

침묵.

존	목마르네. 한잔 마실까?
조	돈이 얼마나 있는데, 존?
존	어제 있던 9,500원이 주머니에 그대로 있어. 너는, 조?
조	난 아직 3만 원* 정도, 존.
존	어…… 나머지는?
조	바지 사 입었어, 존. 그리고 셔츠도.
존	바지가 잘 어울리네, 조. 셔츠도.
조	모자도 하나 샀지.

---

*　　원문은 12프랑.

존　　아주 멋지군, 그 모자, 조.

조　　다른 재킷도 하나 샀어. 네 재킷은 돌려줄게, 존. 난 이런 스타일 별로 안 좋아해.

존　　오, 고마워, 조! 난 이 스타일 너무 좋아하거든. (재킷을 입는다.) 넥타이는, 조?

조　　재킷 주머니에 있어, 존.

존은 넥타이를 발견하고 맨다.

존　　고마워, 조. 넌 정말 좋은 놈이야, 조.

조　　이거 다 사고도 20만 원* 남았었어, 존.

존　　그건 다 어쨌어, 조?

조　　네 보석금 지불했어, 존.

존　　아! 그게 그럼 너였어?

조　　그럼 또 누가 있겠어, 존? 나 말고 또 다른 친구가 있나, 존?

존　　없지, 조. 아무도 없지.

조　　보라고, 나도 아무도 없어, 존. 너 말곤 아무도 없다고. 그래서 너를 감옥에서 빼낸 거야. 고소도 취하했어, 존.

존　　고마워, 정말 고마워, 조.

조　　하지만 넌 사람들 입에 오르내릴 거야, 존. 그건 나도 어쩔 도리가 없어. 하지만 내가 네 보석금 내줬

* 　원문은 200프랑.

잖아, 존.

존   고마워, 조. 그럼, 뭘 좀 마셔볼까?

조   그래. 마신 건 각자 계산하기야.

존   항상 그랬듯이.

조   항상 그랬듯이.

두 사람은 각자 자리에 앉는다. 웨이터가 등장한다.

존   플럼 브랜디 한 잔.

조   플럼 브랜디 한 잔.

웨이터   플럼 브랜디 두 잔.

웨이터가 퇴장한다.

조   (돈을 세면서) 플럼 브랜디 값 내고 나면, 내일 아침에 커피 마실 4,000원이 남네…….

존   네 신문도, 조.

조   내 신문도. 그리고 복권 두 장 살 돈이 남는데.

존   꼭 당첨돼라, 조!

조   만일 당첨되면 너한테 한턱낼게, 존.

존   고마워, 조, 정말 고마워.

웨이터가 와서 플럼 브랜디를 놓고 나간다. 존과 조는 플럼 브랜디를 마신다.

조   맛있네.

존   맛있어.

침묵.

존   날씨 좋지, 조?

조   오, 그래, 존.

존   난 플럼 브랜디 한 잔 더 마실래, 조.

조   정말, 존?

존   응. 감옥에서 너무 마시고 싶었어, 플럼 브랜디. 알
        잖아, 조.

조   알지, 존. 감옥에서 가장 마시고 싶은 건 역시 플럼
        브랜디지.

존   (무대 안쪽을 향해) 웨이터! 플럼 브랜디 한 잔!

조   (무대 안쪽을 향해) 두 잔!

존   너도 마시게, 조?

조   복권을 한 장만 사면 돼, 존.

존   네 말이 맞아, 조.

웨이터가 플럼 브랜디 두 잔을 놓고 퇴장한다.

조   다시 생각해봤는데, 복권 안 살래.

존   안 산다고, 조?

조   응, 안 살 거야. 플럼 브랜디 한 잔 더 마실 거야, 너
        도 한 잔 사줄게, 존. 친구가 감옥에서 나왔는데 한

잔 사야지.

존   고마워, 조. 넌 정말 좋은 놈이야, 조.

조   내가 복권을 뭐 하려고 사겠어, 존? 필요한 건 다
     가졌는데. 셔츠, 넥타이, 게다가 새 모자까지.

존   맞아, 나도 마찬가지야. 필요한 건 다 가졌어, 조.

두 사람은 플럼 브랜디를 마신다.

조   위그냉이라고 알지?

존   위그냉?

조   그래, 위그냉.

존   어떤 위그냉?

막

엘리베이터 열쇠

●

1990년 샤를 조리Charles Joris의 연출로 포퓰레 로망 극단에서 초연하고, '프랑스-퀼튀르 라디오'에서 방송하였다. 1994년 블라이 페스티벌Festival de Blaye에서 트로와의 프레텍스트 에 코 극단에 의해 공연된 뒤 프랑스, 스위스, 독일, 일본 등에서 수차례 무대에 올랐다.

등장인물

여인

남편

의사

수렵 감독관(이하 감독관)

무대

원형 침실, 원형 테이블, 고딕식 창문.

막이 오르기 전 울부짖는 소리가 길게 들려온다. 중세풍의 멜랑 콜리한 발라드ballade가 흐른다.

막이 오른다.
한 여인이 객석을 등진 채 창문 옆에 있는 휠체어에 앉아 있다.
여인의 긴 금빛 머리카락이 휠체어의 등받이를 덮고 있다. 여인
은 부드럽게 노래하듯이 말한다.

여인 옛날 옛날에 젊고 아름다운 여자 성주가 있었지.
산이 겹겹이 둘러싼 그 나라의 끝 높디높은 바위
절벽 꼭대기에 둥지를 튼 성에서, 그녀는 꿈을 꾸
었고, 그녀는 기다리고 있었어.
눈보라가 화라도 난 듯이 심하게 몰아치던 어느
겨울날, 한 나그네가 성문을 쿵쿵 두드렸어. 젊고
잘생긴 남자였어. 남자를 보자 그녀는 바로 알았
지. 그토록 기다려왔던 것이 바로 그였다는 것을.
나그네가 말하길 자신은 못된 귀족들의 질투로 쫓
기고 있는 왕자라고 했어. 그리고 이곳에 머물게
해달라 애원했지.
왕자는 봄이 올 때까지 성에 머물렀고, 자신의 나
라와 백성들을 되찾으면 다시 돌아오겠다고 약속

하며 떠났지.

성주는 창가에서 수놓인 손수건을 흔들면서, 왕자의 검은 그림자가 저 벌판의 안개 속으로 사라진 후에도, 눈물이 가득한 눈으로 오래오래 그를 놓치지 않았어.

(사이)

벌판은 곧 짙디짙은 초록으로 뒤덮였고, 군데군데 노란 유채꽃과 뽀얀 우윳빛 야생 데이지가 그 짙은 초록을 어루만져주었어.

여름이었지. 번개가 그녀의 미어지는 가슴속까지 파고들던 미치도록 사나운 여름이었지.

태양이 사라진 밤의 얼굴 위로, 별들이 선을 그리며 떨어졌어. 그 별들은 어둡고 음울한 호수 속에도, 깊고 침침한 숲속에도 눈물처럼 툭툭 떨어졌지.

달님은 꼼짝 않는 벌판을 잔인할 정도로 무심하게 비추었고, 그 벌판의 풍경은 어떤 말로도 표현 못하는 고통으로 일그러지고, 이름 모를 두려움은 나무들 사이를 맴돌며 헤매고 있었지.

성주의 푸른 눈은 점점 커져만 갔고, 검붉게 변했어. 하늘거리는 하얀 드레스 속 땀방울들은 차가운 어깨에서 뜨거운 엉덩이 쪽으로 떨어지고 있었어.

그러고는 가을이 왔지. 익탱들이 피투성이가 되손과 입을 씻은 후에 남으로, 북으로, 바람을 타고, 바람이 원하는 곳으로 날아갔어.

벌판은 노란색으로 가득 찼고, 이어 갈색으로 뒤

덮였지. 온화하고 달콤한 빗방울이 쉼 없이 온 땅을 토닥거렸어. 찢기고, 썩어가는 낙엽들이 타닥타닥 창문을 두드렸지.

그녀는 벌판만 바라보고 있었어.

그러곤 확신에 찬 미소를 되찾았어.

이별할 때의 그 뜨거웠던 키스를 떠올렸고, 왕자의 약속도 떠올렸지.

첫눈이 내렸어.

겨울이 영원이라는 옷을 입고 자리를 잡은 거야.

음울하고 캄캄한 유리창에 바람이 은빛 선물로 새겨놓은 종려나무 성에와 꽃 성에들을 바라보면서 그녀는 수를 놓았어.

가끔씩 그녀는 몸을 숙여 유리창을 호호 불어 하얀 그림 위에 숨결로 동그란 모양을 만든 뒤 다시 은빛 그림이 생길 때까지 벌판을 샅샅이 살펴보곤 했지.

끝이 없는 나날들이 하루하루 쌓여만 갔어. 밤의 어둠 속에도, 회색의 단조로운 하늘 위에도, 순결한 백색 벌판 속에도 한없이 쌓여만 갔지.

봄이 또다시 왔어.

꽃이 피고, 새가 울고, 희망도 피어올랐지.

그러고는 여름이.

이어서 다시 가을이 담담하게 아무 일 없듯이 왔어.

또 겨울이 왔어. 그리고 다시 봄.

그녀는 여전히 창가에 있었어.

희망이 가득하고, 미소를 지으며, 금빛 머리에 아름다운 모습으로 앉아 있었어.

텅 비어버린 야생의 벌판에는 아무것도 움직이지 않았지. 높이 자란 풀들만이 남쪽 바람에 흔들거리며 그 바람이 몰고 온 신비로움, 정열, 그리고 그 어딘가에서의 약속을 소곤거리고 있었어.

한참 후에, 많은 해가 지난 뒤에, 그녀는 악몽을 꾸었어. 하얀 말이, 미친 말이, 안장도 없이 거친 야생의 벌판을 달려와 성의 창문 밑에서 멈추어 히히힝거리며 마치 개처럼, 아니 마치 늑대처럼 달을 보며 울부짖는데……

(사이)

한 검은 그림자가 눈 위로 떨어져. 그 그림자는 몸을 웅크린 채, 비틀거리더니…… 피의 자국, 그 그림자의 핏자국, 눈 위에…… 마치 별들처럼 붉게 자국을 내며…… 쓰러지고 말았어! 팔은 축 늘어진 채…… 입술은…… 얼굴은 고통으로…… 일그러지고 마치 그 고통의 이름은…… 욕망이었던 것처럼 그가 그렇게 쓰러지는 꿈이었어.

수많은 해가 지나갔지.

벌판에는 아무것도 움직이지 않았지.

풀들만 흔들거리고, 벌판의 색은 또 바뀌었어

어느 날 그녀는 창문에서 돌아서버렸어.

짙은 안개가 그녀가 벌판을 보지 못하도록 방해한 거지.

그녀는 창문에서 돌아섰고, 자기 침실을 바라보았어. 테이블이 한 개. 침대도 한 개.

그녀는 스스로에게 물었지. "여기서 난 뭘 하고 있는 거지?" "이 고독 속에서 난 뭘 하고 있는 거야?" 오랫동안 그녀는 궁전 홀에 내려가지 않았어. 그곳에는 그녀의 남동생이 성주가 되어 성과 많은 아이를 다스리고 있던 거야.

오랫동안 그녀는 그들을 보지 못했어.

입을 꼭 다문 늙은 시녀만이 그녀에게 식사를, 그리고 속옷을 가져다주었고, 잠자리를 정리해주었지.

오랫동안…… 그녀에겐 벌판 외엔 아무것도 중요하지 않았어.

오랫동안…….

얼마나 많은 겨울이 지난 거지?

얼마나 많은 봄이, 여름이, 가을이 지난 거야?

그녀는 더 이상 알지 못했지.

그녀의 입술 위에는 열정적이고 부드러웠던……

키스가 아직도 꺼지지 않고 활활 타오르고 있었어.

그녀는 거울로 다가갔어.

낯선 여인이 그녀를 바라보고 있었어.

한 늙은 여인이.

그녀는 작은 책상 앞에 앉았어.

편지를 썼지.

새 시트가 깔린 침대에 누웠어.

두 눈을 감아버렸지.

검은 옷을 입은 기사가 하얀 말을 타고 벌판 끝에서부터 그녀의 성을 향해 달려오고 있었고, 그 모습은 조금씩조금씩 커다래졌지.

"안 돼!" 주름이 이미 자기 눈을 뒤덮어버린 것을 알기에 그녀는 눈을 손으로 가리면서 외쳤어. "싫어! 하고 싶지 않아! 더 이상은 싫어!"

한 젊은 얼굴이 그녀의 말라버린 입술 위로 다가왔고, 그녀는 창피했던 거야.

가쁜 숨을 내쉬며 그녀가 말했어. "너무 늦었어요." 그녀의 왕자는 연민을 느끼면서 자신의 검은 망토로 그녀를 감싸주었지.

동생은 그녀의 편지를 읽었어.

그녀는 벌판 어딘가에 묻히길 원했지.

바보 같은 여자의 마지막 소원이었어.

하지만 그들은 그녀를 가족 묘지에 묻었지.

왕자는? 아! 그에 관해선 아무도 말하지 않았고, 그에 관한 소식은 어디서고 들려오지 않았어.

여인이 광기에 찬 웃음을 터뜨린다. 음악이 멈춘다. 같은 목소리로, 하지만 이번에는 편안한 어조로 계속 이야기한다.

여인   하지만 난 운이 좋았어. 네 왕자님은 매일 저녁이면 온다고. 난 헛되이 기다린 것이 아니야. 그는 나를 한 번도 떠난 적이 없었어. 난 외로움이란 걸 몰라. 아침이면 그는 벌판으로 떠나지만 저녁이면 다시 돌아오거든. 20년 동안 저녁이면 그는 돌아왔다고. 저녁 시간 외에는? 그래 맞아, 나는 혼자지. 혼자서 그를 기다리지. 기다림보다 좋은 건 없어. 온다는 것이 확실…… (집중하지 못하다가 객석을 향해 몸을 돌린다.) 뭐가? 뭐가, 확실하다는 거야? (머리를 가로저으며) 다시…… 사랑받는 것이…… 확실…… 그를 기다리면서…… 난 벌판을 바라보며 옛날의 여자 성주들처럼 수를 놓고 있어. 오래전의 그 불행했던 여자 성주들처럼…….

하지만, 난, 난 불행하지 않아!

난 행복해! 행복하다고! (미친 듯이 외친다.) 우-우-우! (진정한다.) 난 행복해. 매일 저녁이면 그가 돌아온다고.

나의 왕자님! (이성적인 어조로) 왕자님은 아니지. 건축가지. (사이) 그러니까 그가 매일 아침 일을 하기 위해 떠나는 거고. 만일 그가 일하지 않았다면 우리 성의 대출금을 갚을 수도 없었겠지.

우리를 위해 그가 직접 지은 성. 아니, 나를 위해 지은 (침울하게) 사랑의 보금자리.

(꿈을 꾸듯) 높은 바위 정상에 있는 보금자리. 동화처럼. (건조하게) 도시의 오염과는 먼. 벌판과도 멀고.

여긴 전나무밖에 없어. 공기는 깨끗하고. 다 나를 위한 거야.

불쌍한 그이는 매일 아침 벌판으로 내려가야만 해.

사무실로. 일을 하러 가야 해. 불쌍한 사람. 불쌍한 사람? 그래, 불쌍한 사람. 먼저 그는 엘리베이터를 타야 해. 이어 자동차를 타야 하지. 사무실에 가기 위해 30킬로미터나 달려야 한다고. 불쌍한 사람. 전화기들은 울려대지. 사람들은 그를 귀찮게 하지. 단 1분도 평온한 순간이 없어.

하지만 나는……

벽에 둘러싸여 철저히 보호되어서…….

(생동감 있게) 아무도 여기에 올라올 수가 없지.

여기에 오는 길은 없어.

여기에 오는 방법은 단 하나, 엘리베이터밖에 없어.

하지만 열쇠가 필요해.

아무도 엘리베이터 열쇠를 가지고 있지 않아.

내 남편 빼고.

(사이)

나도 없어. 나도 엘리베이터 열쇠가 없어.

(사이)

하기야, 내가 엘리베이터를 탈 이유도 없으니까. 굳이 신선한 공기를 마시러 숲으로 나갈 필요 없어. 숲의 신선한 공기가 내 집으로 들어오니까. 난 그저 창문을 열기만 하면 되지.

여인이 창문을 열고 숨을 한껏 들이쉰다. 나무들이 바스락거리고 새들이 노래한다.

여인 아름다워!

(사이)

처음에는 나도 엘리베이터 열쇠가 있었어. 숲으로 산책하러 나갈 수도 있었지. 물론 도시까지는 갈 수 없었어. 자동차가 없으면 너무 먼 거리야. 그래도 숲에는 자주 산책하러 갔었어. 숲속을 거니는 것을 좋아했으니까.

새들과 다람쥐들, 바람에 한들거리며 태양 아래에서 반짝이는 나뭇잎들까지, 그런 것들을 보고 들으면 정말 행복했어.

(사이)

어느 봄날이었지⋯⋯. 산책하면서 자연의 온갖 아름다움에 놀라워하는데, 한 남자가 어깨에 총을 메고 나타났어. 떡갈나무 아래에서. 정말 무서웠어. 단지 수렵 감독관이었을 뿐인데 난 정말 겁이 났어. 게다가 그는 금빛 머리에 수염이 덥수룩하고 푸른 눈이었어. 남편은 검은 눈에 검은 머리, 깨끗하게 면도한 얼굴인데.

남자는 나에게 꽃다발을 내밀었어.

감독관 (여인이 상상 속에서 듣는 것처럼 멀리서 들린다.) 받아주세요! 우리 숲에서 가장 아름다운 꽃이에요.

여인 '우리 숲'이란 말이 강하게 다가왔어. 어떤 방식으로 우리를 연결시켰기 때문에⋯⋯ 이를테면, 은밀하게, 마치 그와 나, 그리고 숲이 뭔가를 공유한 것처럼.

내가 꼼짝도 하지 않자 그는 내게 다가와서 웃으면서 내 눈을 바라보았어.

나는 두려웠어. 불안이나 공포였을 거야. 내 가슴은 거칠게 뛰었고, 고함을 치고 싶었지만 소리가 나오지 않았어. 그저 난 꽃을 받아 들고, "고마워요"라고 말한 후 엘리베이터를 향해 도망쳤어. 나를 불편하게 하는 해방이라는 감정을 가지고 엘리베이터로 뛰어들었지. 내 침실에 도착해선 꽃을 창문 밖으로 내던졌어.

여인이 창문을 닫는다.

여인 그날 저녁에 남편에게 다 말했고, 그는 미소를 지었어.

남편 (여인이 상상 속에서 듣는 것처럼 멀리서 들린다.) 내가 없을 때는 밖에 나가지 않는 게 좋겠어.

여인 친절하게도 남편은 내 엘리베이터 열쇠를 가져갔어.

남편 (여인이 상상 속에서 듣는 것처럼 멀리서 들린다.) 다 당신을 위해서야. 위험한 일이 벌어질 수도 있었어. 누가 당신을 덮치면 어쩌려고 그렇게 넓은 숲속에서 여자 혼자……

여인 남편은 나를 꼭 껴안고 키스해줬지.
　　　(사이)
　　　난 더 이상 열쇠가 없었어.

난 더 이상 내 방에서 나갈 수가 없었던 거야.

난 창문 밖만 바라보았고, 저녁이 오기를 기다렸어. 남편이 돌아오기를 기다린 거야. 하지만 다리가 간질거리기 시작했어.

걱정할 정도는 아니었지만 다리에 개미들이 기어다니는 것 같았어.

종일 앉아 있으니 당연한 일이었지만, 나는 괴로웠어. 아주 힘들었다고. 난 남편에게 이 사실을 말했고, 남편은 나를 안아주었지.

남편 (여인이 상상 속에서 듣는 것처럼 멀리서 들린다.)
방 안에서 걸으면 돼. 테이블 주위를 돌아봐.

여인 남편은 항상 뭘 해야 할지를 알았어.

(사이)

난 테이블 주위를 걷기 시작했어. 이렇게 말이지.

(휠체어로 테이블 주위를 돈다.)

난 봄이 들어오지 못하도록 창문을 닫았어.

숲을 걷고 싶은 마음이 굴뚝같았지.

하지만 더 이상, 난 더 이상 숲속을 걸을 수가 없었어.

결국, 난 테이블 주위만 걸었어. (테이블 주위를 돈다.)

그리고 창가에 앉아서 내 일을 했어. 저녁이 되기를 기다리면서 수를 놓았던 거지.

(사이)

하지만 점점 더 다리가 간지러웠어.

일어서고 싶지도 않았어.

다리에 개미가 기어다니는 느낌이었다고.

남편에게 툴툴거렸더니 의사인 클로드와 의논하자고 했어. 클로드는 남편의 중학교 동창이자 둘도 없는 친구야. 남편은 저녁에 클로드를 초대했고, 우리는 진지하게 의논했지.

의사 (여인이 상상 속에서 듣는 것처럼 멀리서 들린다.) 그렇게 심각한 건 아니야. 약간만 손보면 다 괜찮아질 거야.

여인 남편은 나에게 미소를 지었고, 클로드는 나에게 주사를 놓았어.

(사이)

잠에서 깨니 몸이 좋아진 느낌이었어. 개미가 기어다니던 간질거림은 완전히 없어졌어. 하지만 난 다리를 움직일 수가 없었어. 이것들을 움직일 수가 없었다고. (심각한 비밀을 털어놓는 것처럼) 난 더는 걸을 수가 없었어.

(사이)

의사가 내 신경을 죽인 거야.

남편은 휠체어를 선물했고, 이걸로 아직은 테이블 주위를 돌 수가 있지. (테이블 주위를 돈다.) 여전히 수를 놓을 수도 있고……. 자신의 왕께를 기다리면서 수를 놓는 여자 성주는…….

(갑자기 자수 세트를 집어 던지고 몹시 화난 목소리로) 하지만 난 더 이상, 영원히 숲속을 걸을 수가

70

없어. 두려웠다고? 내가 두려웠을까? 푸른 눈의 수렵 감독관이……? 꽃다발이……? 우리 숲이……?

여인이 울음을 터트린다. 곧 진정하고 창문을 열자 나무 소리, 바람 소리, 새소리, 그리고 멀리서 노랫소리가 들린다. 중간에 휘파람 섞인 사랑의 노래가 들린다.

여인 난 원래 성격이 더러운 여자야. 한 번도 만족했던 적이 없지. 다리가 더는 간지럽지 않자 곧 다른 병으로 고생하기 시작했어. 내 귀에서, 내 귀에서 윙윙거리는 소리가 들린 거야. 불쌍한 내 남편! 피곤한 하루 일을 마치고 집에 돌아오면 위안해주는 아내의 속삭임 대신에 "내 귀가 윙윙거려. 새들의 노랫소리를 견딜 수가 없어, 침묵도……. 저 멀리 도시에서 들리는 소음도 견딜 수가 없어"라는 한숨 섞인 한탄만 들어야 한다니.
(사이)
클로드가 다시 왔고, 그의 얼굴은 자신감으로 넘쳐 있었지.

의사 (여인이 상상 속에서 듣는 것처럼 멀리서 들린다.) 아무것도 아니야. 잠깐 손보면…….

사이

여인 난 들을 수 없게 되었지. 어떤 소음도 들리지 않았어. 남편의 목소리도 들을 수 없었지. (창문을 닫는다.) 하지만 난 곧 입술 읽는 법을 배웠어.

남편 (여인이 상상 속에서 듣는 것처럼 멀리서 들린다.) 우리의 사랑을 지키고 싶으면…… 이건 아무것도 아니야. 사랑하는 당신, 우리의 행복을 생각해봐. 내가 여기 있잖아. 우리는 서로 사랑하고 있고.

여인 난 수를 놓고 있어. 지금은 겨울이고, 저녁이면 도시의 불빛이 켜져. 남편이 돌아오기 훨씬 전부터 불이 켜지는 거야.

도시의 불빛이!

오, 도시에 가고 싶어!

사람들도 보고 싶고! 목소리도 듣고 싶어!

목소리를 듣는다고?

사람들을 본다고?

(사이)

엘리베이터 열쇠는…….

자동차도 없이, 30킬로미터를 걸어서, 숲을 건너…….

(깔깔거리며) 어떻게 걸어?

(부드럽게) 난 이제 다리가 없는데, 귀도 없고, 눈도 없는데.

여인이 객석을 향해 돌아선다.

여인 난 눈이 없어. 없다고. 클로드가 다시 왔었어. 도시의 불빛이 나를 방해하지 못하도록…… 우리가 사랑을 계속할 수 있도록…… 약간 손만 보면…… 고통 없이…… 자연스럽게. (사이) 그는 내 신경을 죽여야 했어. 아주 솜씨 좋은 외과의사지. 자신감이 가득한 의사.

(사이)

아니지, 그건 아니야. 난 두 눈이 있어. 파란 눈이. 하지만 볼 수가 없는 거지.

다리가 있지만 걸을 수가 없어.

두 귀가 있어도 듣지 못하는 거라고. 아무것도! 나 자신의 목소리조차도! 내 목소리! 내 목소리! (길게 외친다.)

(진정하면서) 남편은 이런 꼴이 더 아름답다고 생각해. 내 눈이 부드럽고 꿈을 꾸는 것 같다고 한다니까. 전에는 내 눈에서 '적개심'이나 '미움'의 섬광이 보였대.

참 대단한 생각이야!

여인이 말을 멈춘다. 창가로 가서 창문을 열고, 금발 가발을 벗어서 내던진다. 지저분한 회색 머리카락이 휠체어 등받이에 펼쳐진다. 멀리서 대도시의 소음이 들려오고, 가까이에선 자동차, 기차, 사이렌 소리와 공장이나 앰뷸런스 소리 같은 도로의 소음이 들린다.

여인   (거칠고 늙은 목소리로) 그래서 어쨌다는 거야? 난 아름다운 삶을 살았어. 조용하고 안락한 삶을. 사랑하는 남편과 함께. 다행히 그는 내 옆에 있고, 나를 버리지 않았어. 매일 저녁이면 다시 돌아온다고. 늦는 일은 절대로 없어. 나의 왕자님! 남편이 없으면 난 어떻게 되는 거지?

(사이)

수렵 감독관도 늙었겠고……. 새들도 전과 같지는 않겠지. 오랜 세월이 흘렀어. 새들은 얼마나 오래 살까? 2년? 15년? 모르겠다. 인간은 얼마나 오래 살 수 있을까? 영원히. 그럴지도.

(사이)

도시가 다가오는 것 같아. 남편이 그렇게 말했었어. 손가락을 그의 입술에 대고 있으면 난 남편이 하는 말을 전부 알아들어.

남편　(위쪽에서 들려오는 목소리로) 벌판에 이제는 아무것도 남아 있지 않아. 건물과 도로들이 땅을 다 먹어치웠어……. 끔찍한 일이야! 도시의 소음이 다가오는 것을 당신이 듣지 못해서 얼마나 다행이야. 소음은 건강에 정말 해롭거든. 소음 때문에 미친 사람들도 있다니까. 당신, 당신은 정말 운이 좋은 여자야.

여인　그래, 난 정말 운이 좋은 여자야. 아무것도 듣지 못하니까. 도시가 다가오는 것 따위가 뭐가 중요해? 소음은 나를 괴롭힐 수 없는데. 도시의 불빛들도 마찬가지야. 내 남편, 내 왕자님이 곧 돌아올 거야.

난 그를 기다리고 있고, 난 그를 사랑해.

여인이 재빨리 돌아선다. 눈빛이 사납고 차림새는 엉망인 주름 가득한 노파의 모습이 보인다.

여인 (비꼬는 말투로) 내가 남편을 사랑하든 하지 않든 그게 지금 무슨 소용이야? 나에겐 남편밖에 없는 걸. 그래, 난 그를 사랑하고, 그를 기다리고 있잖아. 내가 달리 뭘 할 수 있겠어? 여기엔 사랑할 수 있는 다른 사람은 존재하지 않는데. 물론 미워할 사람도 없고. 이곳엔 나밖에 없잖아. (짐승처럼 사납게) 난 나를 혐오해! 더럽고 빌빌거리는 늙은 년. 난 너를 증오한다고! 네가 할 수 있는 건, 이제 저 창문 밖으로 몸을 던져 계곡 아래로 떨어져서, 바윗덩어리에, 들리지도 않고 보이지도 않는 네 대갈통을 부숴버리는 거야.
(사이)
하지만 왜지? 왜 갑자기 이렇게 나를 미워하는 거지?
내가 뭘 했는데? 아무것도 하지 않았잖아. 그렇지 않아? 난 아무것도 하지 않았다고! 아무것도!
도시가 우리 계곡의 바위 아래에 도착할 때면 난 몸을 던질 거야. 그럼 사람들이 나에게 침을 뱉고 욕을 하겠지. 또 내 머리통은 포장도로에 부딪혀 박살이 나겠지.

(사이)

난 욕을 듣지 못하겠지. 어떤 상소리도, 비꼬는 소리도 안 들리겠지. 아무것도.

여인은 창문을 닫는다. 소음이 멈춘다. 다시 자연스럽게 이야기를 계속한다.

여인 할 수 있는 게 없어요. 아무것도 못 들어. 내 목소리마저도 안 들린다고. 내 목소리조차도 못 듣는다고! (길게 고함을 친다.)

두 남자가 들어온다. 남편과 의사이다. 그들은 문 앞에서 멈춘다. 고함은 여전히 들려온다.

남편 몇 달 전부터 이러고 있어.

의사 불쌍한 자크! 듣고 있자니 가슴이 미어지는군.

남편 맞아. 그녀가 고통받고 있다고 사람들은 말하겠지.

의사 그녀가 고통받을 일은 없을 텐데?

여인 당신? 당신이에요? (그녀는 남편을 향해 손을 내민다.)

의사 정작 괴로운 쪽은 너 아닌가?

여인 당신? 나의 왕자님? 이리 오세요. 내 곁에 오세요.

남편 그녀가 저렇게 소리를 질러대면 만족 못 하는 것 같단 생각이 들어.

의사 만족이라고? 그런 말은 하지도 마. 그녀가 만족했

76

던 적이 한 번이라도 있었나? 그녀를 보살피는 건 이제 충분하다고. 지금은 네가 안정을 찾는 게 중요해.

여인은 마치 짐승처럼 몸을 앞으로 숙이면서 듣는다.

남편   내 안정 따윈 중요하지 않아. 그녀가 저렇게 고통스러워하는 것을 듣고만 있을 수가 없어.

의사   밤이 되면 또 같은 쇼가 벌어질 거야. 네 꼴을 좀 보라고. 망가질 대로 망가졌어. 불쌍한 친구. 어떻게 이런 상황에서 일을 계속하겠다는 거야.

여인   당신이 여기 있는 걸 알아요. 이리 오세요. 오랫동안 당신을 기다리고 있었어요.

여인은 휠체어를 남편이 있는 쪽으로 조금 움직인다. 남편은 여인의 발밑에서 무릎을 꿇는다. 여인은 남편의 머리카락을 쓰다듬으며 남편의 입술에 손가락을 대고 그의 말을 읽는다.

여인   당신, 피곤하시군요?

남편   응, 조금. (의사에게 애원한다.) 어떻게 좀 해봐, 클로드.

여인   누가 또 있나요?

남편   클로드가 왔어, 여보. (의사의 팔을 당겨서 여인이 그를 만질 수 있게 한다.) 봐, 클로드야. 만져봐. 당신 클로드 알지?

여인   오, 클로드!

의사는 주사를 준비한다. 여인의 팔을 잡는다. 남편은 손으로 그
녀의 얼굴을 감싼다.

의사   조금만 손을 보면…… 아무 고통 없이…… 다 괜찮
아질 거야.

남편   더 이상 그녀가 울부짖지 않는다는 거지?

의사   그렇지. 더 이상 울부짖지 않지.

여인   (팔과 얼굴을 빼면서) 또 클로드야? 왜? 이번에는
뭘 더 없애려고? 내 목숨? 이제 나에게 남은 건 그
게 다인데.

의사   아니, 아니에요. 보세요. 당신은 아직도 행복을 누
리며 살날이 많이 남았어요.

여인   자기야! 당신, 고개를 젓고 있는 거야? (사이) 오,
알겠다! 당신이 나한테 뭘 원하는지 알겠어! 내 목
소리! 맞지? 그래, 그거야! 하지만 난 그럴 수 없
어! 안 돼! 내 목소리만은! 내 목소리만은! 듣고 있
지? 원한다면, 내 목숨을 가져가도 좋아. 하지만
내 목소리만은 안 돼! 안 돼!

여인은 의사의 가방을 잡아채서 메스를 꺼낸다.

의사   조심해! 자크! 조심해! 메스야! 그녀가 메스를 들
었어! 자크……!

여인이 메스를 남편의 등에 꽂는다. 남편이 나뒹군다. 의사가 남편에게 몸을 숙인다. 여인이 창문을 연다. 창문을 통해 대도시의 소음이 멀리서 들려오고, 자동차 등 도로의 소음은 가깝게 들린다.

의사 자크! 저 여자가 너를 죽였어. 이런…… 이런 끔찍한 여자…….

여인 (부드럽게) 안 돼, 내 목소리는 안 돼. 내가 듣지 못할지라도, 다른 사람은 들을 수가 있잖아. 다른 사람이…… 수많은 다른 이가. (점점 세게) 난 그들에게 말해야만 돼……. 사람들에게 모든 것을 다 이야기할 거야……. 내 이야기를 좀 들어봐요!

막

배회하는 쥐

●

이 작품은 아고타 크리스토프가 쓴 최고의 희곡 가운데 하나이
며, 1993년 미셸 라스킨Michel Raskine 연출로 프랑스 노르망디의
라 코메디 드 캉과 파리의 빌레트 극장에서 공연되었다.

등장인물

켑-브레뒤모

롤

쥐

브릭-조르주

신문기자(이하 기자)

사진사

마담 브레뒤모

아르가스

마담 아르가스

노에미

공간

무대는 두 개로 나뉘는데, 한쪽이 보이면 다른 한쪽이

안 보이는 방식이다.

무대 1 – 침실

침대, 침대 테이블, 의자 몇 개. 창문은 무대 안쪽에,

문은 무대 왼쪽에 있으며, 창문과 문에는 커튼이 쳐져 있다.

카펫이 있고, 벽면에는 그림들이 걸려 있다.

무대 2 – 거실

낮은 탁자, 바, 안락의자들, 그리고 무대 안쪽에는

커다란 프랑스 창이 있다.

두 개의 무대 사이에는 들창문 구조의 문*이 있다.

*   Porte-bascule. 시소처럼 가운데에 축이 있어서 밀면 문이 위로 들
리는 구조의 문. 주로 차고에 많이 쓰인다.

제 1 장

롤, 브릭, 쥐

거실.

롤이 판사 복장으로 휠체어에 앉아서 브레뒤모를 나타내는 노인 가면을 쓰고 있다. 롤, 판사 복장을 벗어서 어딘가에 걸어놓고 침실로 간다. 휠체어에서 일어나 가면을 벗어서 휠체어에 던져 놓고 휠체어를 구석으로 밀어 넣는다. 롤은 키가 크고 잘생긴 젊은이이다. 침실의 가운데에 서서 시를 낭송한다.

롤   하늘은 곧
비를 뿌릴 듯
아니면 아마도
내가 울고 있는 동안
벌써 비가 왔을지도.

분명
내 두 손바닥 위
허공은 갖가지 색을 띠고 있었지

검은 구름들 사이로
푸르름은 투명하였네.

태양은 또다시
왼편으로 떨어지고
가로등은 길을 따라서
그 뿌리를 내렸네.

이런 불안한 저녁에
자유의 새는 삐딱하게 날아오르고,
바람은 하늘의 상처들을 다시 열어젖히네.

교도관 차림의 브릭이 무거운 판자를 들고 들어온다.

브릭	얼씨구! 우리 선생님께서 시를 짓고 계시는구먼! 이 몸은 일하고 있는데, 그것도 뼈 빠지게 말이지.
롤	내가 당신에게 뭐라고 한 적 없잖아?
브릭	조용히 해요! 어쨌든 시를 짓는 것은 금지 사항이니까.
롤	여긴 아무도 없잖아.
브릭	나는 사람 아닌가?
롤	알았어, 알았다고. 심심해 죽을 지경인데 그럼 어쩌라고.
브릭	우리 선생님께서 심심하시다고? 난 이렇게 일을 하고 있는데?

브릭은 판자를 침대 위에 올려놓고, 침대 테이블과 의자들을 방 구석으로 치운다. 커튼을 올린 뒤 창문에 창살을 그린다. 그리고 문 위에도 역시 창살이 있는 직사각형을 그린다. 카펫을 돌돌 말고, 그림들도 다 떼어내서 구석에 차곡차곡 쌓아놓는다. 롤은 이 모든 것을 흥미롭게 지켜본다.

롤   자, 그럼 나는 감방에 갇힌 것처럼 보이겠군.
브릭   그런 것 같지요.
롤   그런데 왜 내가 감방에 갇히게 되는 거지?
브릭   아직은 아무도 모르지요. 이제 게임이 겨우 시작
        되었으니.
롤   나중에는 알게 되나?
브릭   우리 선생님은 질문이 많으시군. 알고 싶은 게 많
        으신 거지. 나는 그저 시키는 대로 할 뿐이야. 내가
        언제 질문하는 거 봤어? 얌전히 있어!

브릭, 나간다.

롤   감방이 아주 근사하군! 싸늘해! 캄캄하고! 최고야!

브릭이 깡통을 들고 다시 들어온다.

브릭   깡통 받아, 젊은이.
롤   이건 어디에 쓰라고?
브릭   화장실 대용이야.

롤	(깡통을 살펴보며) 하지만 벌써 거의 다 차 있잖아!
브릭	원래 그런 거야. 그래야 진품처럼 보이니까.
롤	냄새가 지독한데.
브릭	맞아. 냄새가 심하지. 완벽하잖아.

브릭, 나간다.

| 롤 | 진품이라. 완벽하네. (냄새를 맡으며) 깡통은 없는 게 나은데. |

롤은 침대에 앉아서 감방으로 변한 침실을 둘러본다. 그리고 일어나서 감정을 실어 낭송한다.

롤	너는 아는가 축축한 벽들이
	쏟아내는 밤의 속삭임을
	그리고 형태 없는 얼굴들 위에
	쏟아지는 눈부신 빛을…….

쥐가 벽 밑에서 나온다. 쥐 가면을 쓰고 있다.

쥐	나는 쥐다!
롤	반가워! 나는 롤이야!
쥐	널 물어버릴 거야! 그래. 크르르. 널 물어버릴 거라고!

롤이 뒤로 물러선다. 쥐는 롤을 쫓아간다. 롤이 문을 세차게 두드린다.

롤   브릭! 브릭! 교도관! 쥐가 있어! 쥐는 필요 없어!

쥐가 쥐 가면을 벗는다.

쥐   조용히 해! 장난이야! 나야, 나!

롤   아, 너야, 시발쥐*? 여기서 뭐 하는 거야?

쥐   아무것도. 그저 좀 즐기고 싶어서.

롤   한데 여긴 어떻게 들어왔지? 내 말은 여기, 여기 감방에 어떻게 들어왔냐는 거야.

쥐   기어서 들어왔지. 낮은 포복으로 엉덩이 살짝 들고. 이렇게 쥐의 얼굴을 하면 아무도 나에게 관심 없거든. 쥐 한 마리 지나간다. 이건 늘 있는 일이잖아.

롤   넌 정말, 귀신 같은 놈! 브릭이 오면 꼭 숨어 있어야 해.

쥐   브릭? 걔는 무슨 역할인데?

롤   교도관. 그놈은 정말 열심이야. 항상 진지하게 일을 수행한다고.

쥐   도가 지나치지. 그 자식 생각만 해도 구역질이 나.

롤   토할 거면 저기 깡통에 해.

---

*   Rat-le-Salaud. 'le salaud'는 보통 비하할 때나 욕설로 쓰이는 말로, 영어로 하면 Rat the Bastard 정도의 의미이다.

쥐	어! 진짜 깡통이네! 냄새 좆같다!
롤	말조심해!
쥐	에이! 감방이라며.
롤	여긴 고상한 감방이야.
쥐	네가 그렇게 잘났냐?
롤	잘나고 싶은 거지.
쥐	오늘 너 진짜 진지해 보이는데.
롤	상관없잖아. 아무튼, 난 여기 혼자 있는 걸로 되어 있거든. 넌 여기서 완전히 무용지물이야.

제 2 장

롤, 쥐, 기자, 사진사, 브릭

누군가 문을 두드린다. 쥐는 침대 밑으로 숨는다. 브릭이 문에
그려놓은 직사각형이 열리고, 기자의 머리가 튀어나온다.

기자　　언론사에서 왔습니다!

롤이 문을 연다. 기자의 머리는 직사각형에 그대로 남아 있고,
사진사만 들어온다.

기자　　도와주세요!

롤　　문 찌그러트리지 마세요. 그거 종이 상자로 만든
　　　　거라고요. 그렇게 단단하지 않아요.

기자　　내 머리도 그래요.

롤　　머리를 아무 데나 그렇게 들이밀면 어떻게 해요?

사진사　　귀가 걸려서 그래. 너 귀가 너무 크다니까. 귀를 조
　　　　금 잘라내자.

기자　　귀를? 절대 안 되지! 이게 내 작업 도구야. (빠져나

오는 데 성공한다.) 됐다!

롤　　다 찌그러졌잖아요!

기자　　(자기 머리를 툭툭 치며) 아니, 멀쩡합니다.

롤　　문 말입니다!

사진사　　내가 고칠게요. (테이프로 찢어진 곳을 다시 붙인다.)

롤　　여러분, 자리에 앉아주세요.

롤이 침대에 앉는다. 기자가 의자를 가져오려고 한다.

롤　　의자는 그냥 두세요. 의자는 여기 없는 겁니다. 의자는 내 침실에 있는 거라고요.

기자는 바닥에 앉는다. 사진사는 사진을 찍고, 롤은 갖가지 포즈를 취한다.

롤　　어느 신문사에서 오셨습니까?

기자　　'시테뮤'입니다.

롤　　뭐라고요?

기자　　시는 시네마, 테는 테아트르, 뮤는 뮤직. '시테뮤'. 즉 영화, 연극, 음악을 다루는 2년에 한 번 나오는 잡지입니다.

롤　　꽤 유명한 잡지인가요?

기자　　아직은 몰라요. 지금 창간호를 준비하고 있으니까요.

사진사　　(롤에게) 조금 더 슬픈 표정을 지어주시면 안 될까요?

롤 물론 되지요. (포즈를 취한다.) 이렇게요?

사진사 좋습니다. 하지만 가자미눈은 하지 마시고요.

롤 그 잡지사에는 직원이 많겠네요.

기자 우리 둘이 다예요. 둘이면 충분합니다.

사진사 이번에는 반항적인 포즈를 부탁합니다.

롤 이렇게요?

사진사 완벽합니다. 가자미눈 하지 마시라니까요.

롤 (기자에게) 어떤 걸 쓰시나요?

기자 저야 기사를 쓰지요. 선생에 관한 기사입니다. 선
생은 최근 10년 동안 가장 떠들썩한 정치재판의
주인공이시니까요.

롤 오! 그래요?

기자 모르셨어요?

롤 알지요, 알아. 물론이죠. 하지만 내 재판이 그 정도
로 화제가 될 줄은 생각 못 했습니다.

기자 분노가 치미시나요?

롤 아니요, 아니. 그 반대예요. 매우 만족합니다.

기자 누군들 안 그렇겠어요.

롤 한데 무엇에 관해서 쓰시려고? 아직 아무런 질문
도 하지 않으셨는데.

기자 장소나 여기 분위기, 뭐 이런 걸 묘사할 겁니다.

롤 그럼 저 깡통 잊지 마세요.

기자 깡통? (깡통 안을 들여다보고, 냄새를 맡는다.) 끝내
줍니다! 벌써 이렇게 일을 보신 건가요?

롤　　　　에…… 그……렇……지요. 그거 진품입니다.

기자　　　깡통 사진 찍어! 이거 구미가 당기는데!

사진사가 깡통을 여러 번 여기저기 자리 잡아본 뒤 사진을 찍는다.

기자　　　선생님 침대에 제가 좀 앉아봐도 되겠습니까? 여기 분위기를 좀 더 잘 느껴보려고요.

롤　　　　(일어서며) 물론이죠. 아주 드러누우셔도 됩니다.

기자는 한쪽 다리를 늘어뜨리고 침대에 눕는다.

기자　　　딱딱한데. 진짜 감방 침대네! 아야! (다리를 올리고 발목을 문지르며) 뭔가가 물었어요!

롤　　　　오, 깜박 잊고 있었네. 시발쥐예요.

기자　　　쥐라고요!

롤　　　　네. 침대 밑에 있어요.

사진사　쥐도 찍을까?

기자　　　그걸 말이라고 해!

기자가 일어난다. 사진사는 바닥에 누워 침대 밑을 살펴보면서 플래시를 터트린다.

사진사　잘 나올지 모르겠어. 아무것도 안 보여.

롤이 다시 침대 위에 앉는다.

기자   쥐가 선생을 물 텐데 두렵지 않으세요?

롤   차라리 그랬으면 좋겠습니다! 내 쥐는 길이 아주
          잘 들어 있거든요.

기자   (적으면서) 길이 아주 잘 들어 있다.

브릭이 미친 듯이 뛰어 들어온다.

브릭   기자 양반들! 빨리빨리! 정말 송구스럽습니다…….
          감방이 틀렸어요. 여기가 아니었습니다. 옆방에서
          기다리고 계십니다.

기자   이렇게 관리가 형편없을 수가! 이건 스캔들감이
          야! 내가 스캔들에 휩싸이다니!

사진사 여기요! 선생 사진 다 드리겠습니다. 그리고 선생
          쥐 사진도요.

사진사는 카메라에서 필름을 빼서 롤의 발 앞에 던진다. 기자와
사진사, 나간다.

브릭   어떻게 내가 이런 일에 휘말릴 수 있지? 어찌 됐
          든, 이 사건에 대해 한마디라도 발설하기만 해봐.
          그랬다간 정말 누구 하나 대가를 치를 테니까! 알
          아들었나?

브릭이 나가면서 문을 열쇠로 잠근다. 쥐가 침대 밑에서 머리를 내민다.

쥐 있지도 않은 걸로 우리 선생님이 호들갑을 떠셨네! 기자회견을 하셨어! 프로필 사진도 찍고, 정면 사진도 찍으시고!

롤 아가리 닥쳐!

마담 브레뒤모 (거실에서) 샤를!

롤 오, 지겹다, 지겨워! (쥐에게) 얌전히 있어라.

롤은 노인 가면을 쓰고 휠체어에 앉는다.

제 3 장

마담 브레뒤모, 롤-브레뒤모

거실.

더 이상 침실-감방은 보이지 않는다.

마담 브레뒤모   샤아아아아를! 다아알링!

롤-브레뒤모가 휠체어를 타고 들창-문을 통해 들어온다.

롤-브레뒤모   무슨 일인데? 왜 이렇게 귀찮게 하는 거야? 일
             이 산더미라고.

마담 브레뒤모   방에 있었어? 한데 왜 대답도 안 하는 거야?
             잤나?

롤-브레뒤모   지금 내가 자고 있었냐고 묻는 거야? 젠장! 밤
             낮으로 일하느라 피곤해 죽겠는데. 이제 일할
             힘도 없고, 신경도 예민할 대로 예민해져 있
             다고. 지금 5일째 눈꺼풀도 못 붙이고.

마담 브레뒤모   알아, 샤를…….

롤-브레뒤모	한데 당신은 내가 지금 침실에서 낮잠이나 즐기고 있다고 생각한단 말이지! 정말 너무하는 거 아니야!
마담 브레뒤모	샤를, 달링. 당신이 정말 그렇게 피곤하다면 낮잠을 잘 수도 있지.
롤-브레뒤모	좋아. 내가 한숨 돌리려고 잠을 자고 있었다고 치자. 그럼 그렇게 생각했는데 왜 나를 깨운 거지? 그게 더 잔인한 짓 아니냔 말이야!
마담 브레뒤모	나도 절대로 당신을 방해하고 싶지 않았어, 샤를. 하지만 당신 어머니가 전화해서 바꿔달라고 해서.
롤-브레뒤모	어머니가? 아, 맞아, 엄마! 왜 진작 얘기 안 했어?
마담 브레뒤모	얘기할 시간을 줬나?
롤-브레뒤모	(전화기에 대고) 나야, 엄마. 기다리게 해서 미안. 정말 미안. 난 괜찮아. 걱정 마시고. 아니, 아니라니까. 이렇다니까. 엄마한테는 항상 시간 낼 수 있지. 친절도 하시지…… 그래, 일요일에 들를…… 내가 잊었다고? 뭘? 잠깐만 생각 좀 하고…… 아닌데, 모르겠네……. 그렇지……. 잠깐, 잠깐만……. 말도 안 돼. 잊을 리가 없지! 내가 엄마 생일을 잊을 리가 있나! 몇 살? 서른 살 아닌가? 말도 안 돼! 백 살? 확실해? ……전쟁이 두 번 지나고, 혁명이 두 번 지났지. 정말 대단한 삶이었지…… 뭐, 세 번

96

째? 농담이지……? 그럼, 그럼. 엄마 오래오래 사실 거야. 전쟁도 이제 없을 거고, 엄마가 살아 있는 동안 더 이상 혁명도 없을…… 후회? 뭘 후회한다고……? 재미있을 것 같아서? 엄마, 바보 같은 소리 마시고…… 그건 일요일에 엄마 집에서 이야기하고……. 아냐, 아냐, 다 괜찮다니까……. 그럼 안녕……. 그래…… 나도, 사랑해 엄마. (전화를 끊는다.) 우리 엄마, 절대 변하지 않을 거야. (마담 브레뒤모에게) 일요일에 엄마 집으로 오래. 백 번째 생일이라고. 대단하지!

마담 브레뒤모 맞아. 존경스럽지.

롤-브레뒤모 오케이. 난 다시 일하러 가야 해. 중앙정부에 올릴 보고서 작성하고, 아직도 검토해야 할 서류들이 많아. 이제, 아무도 나를 방해하면 안 돼! 누구도! 난 여기 없는 거야! 난 외출 중. 그냥 사라진 거라고. 불러도 대답도 안 할 거야!

마담 브레뒤모 알았다고, 알았어.

제 4 장

롤, 쥐, 켑

침실-감방.

롤이 도착했을 때, 방은 텅 비어 있다. 롤은 가면을 벗고 침대에 눕는다. 왼쪽 문이 열리고 브릭이 켑을 밀어서 바닥에 넘어뜨린다. 브릭이 다시 문을 닫는다. 켑은 수염이 덥수룩한 작은 노인으로, 옷은 찢겨 있고 얼굴에는 맞은 흔적이 보인다. 켑은 간신히 일어나 깡통 쪽으로 가서 가래침을 뱉고, 머리를 양팔로 받치면서 벽에 기댄다.

롤   어디가 안 좋아요, 어르신?

켑   (혼잣말로) 내 이. 놈들이 이를 다 부러뜨렸어.

롤   이리 와서 앉으세요.

켑   고마워요. (침대 위에 앉아서 운다.)

롤   기운 내세요. 그렇게 많이 아픈가요!

켑   아니, 그렇게 많이 아프지는 않아요. 그렇게 많이는. (다시 가래를 뱉어내고 앉아서 운다.)

쥐   (침대 밑에서) 닥쳐!

쿱	뭐지?
롤	(침대 밑을 걷어차면서) 아무것도 아닙니다. 밖에서 나는 소리예요. (사이) 저도 맞았어요. 또 때리겠지요. 하지만 진실은 우리 편이고, 결국 승리의 날이 올 겁니다.
쥐	정말 멋진 말이야!
쿱	하지만 뭔가가…….
롤	아무것도 아니라니까요, 아무것도. 밖에서 나는 소리예요. 승리의 날이 다가오고 있어요.
쿱	승리의 날?
롤	그래요. 우리 쪽 숫자가 더 많아요. 독재자의 말로가 보입니다.
쿱	독재자?
롤	뭐야! 정치범이 아닌가요?
쿱	아니 맞아요, 맞아.
롤	그럼, 우린 같은 편입니다.
쿱	당신 편이라면, 누구를 말하는 거요?
롤	음…… 정부의 적들이지요.
쿱	어떤 정부?
롤	무……물……론 현 정부지요.
쿱	(일어서며) 아! 그럼 당신들이 그 대가리가 빈 테러리스트들이군! 그 멍청한 파괴자들! 고래고래 소리 지르는 선동자들! 더러운 반군들! 바보 멍청이 반군들! 내가 당신들과 함께 있어야 한다고! 나를 이놈들과 같은 감방에 처넣다니! 끔찍하군! 수치

스러워!

쥐   이렇게 수치스러울 수가!

롤   (발로 걷어차며) 뭐? 뭐라고? 뭐라고 하셨나요? 무슨 소릴 하는지 모르겠네요.

켑   입 닥쳐요! 그리고 더 이상 말 걸지 말아요.

켑은 깡통에 가래를 뱉은 뒤 롤에게 등을 돌린 채 바닥에 앉는다.

롤   우리 편이 아니라면 왜 여기 있는 건가요?

켑   왜냐고? 나도 몰라요. 왜 여기 있는 건지. 분명 뭔가 오해가 있었을 거요.

롤   만일 그렇다면, 우리는 정말 할 말이 하나도 없네요.

켑이 흐느껴 울자 롤은 역겨워하면서 벽을 향해 돌아앉는다.

쥐   더 이상 참을 수 없어! 더 이상 참을 수가 없다고!

롤   조용히 해, 이 쥐야!

쥐가 침대 밑에서 나오면서 몸을 턴다. 켑은 기겁하면서 쥐를 바라본다.

쥐   당신 이야기는 더 이상 못 들어주겠어. 난 갈래. (문을 두드린다.) 브릭! 이봐, 브릭! 난 나갈 거야!

브릭   (밖에서) 나가는 건 안 돼! 일단 그 안에 있는 사람은 모두 다 거기 있어야 해.

켑   (쥐에게) 어이! 거기 당신! 당신 누구야?

쥐가 켑을 향해 돌아서서 두 손은 주머니에 넣은 채, 발끝으로 중심을 잡는다.

쥐   맞혀보시지!

롤   시발쥐입니다. 내 어릴 적 친구.

쥐   정답, 정답입니다.

롤   애는 어디 가나 나를 따라옵니다. 이런 곳이라도 말이지요. 그래서 침대 밑에 숨겨놓았어요. (쥐에게) 너 얌전히 있겠다고 약속했잖아.

쥐   당신의 바보 같은 소리를 듣다 보니 참을 수가 없었다고. 그게 다 무슨 스토리야?

켑   당신하곤 상관없는 일이오! 우리끼리 한 이야기라고. 당신은 왜 여기 있는 거요?

쥐   롤하고 나, 둘이 아주 조용한 파티를 할 줄 알았지. 난 당신이 여기 올 줄은 몰랐거든. 내 감방에 혼자 있는 건 정말 지겨운 일이라고.

켑   어떤 감방?

쥐   사형수 독방.

켑   당신이 사형수란 말인가?

쥐   다른 사람들과 똑같지.

켑   헛소리하고 있구먼. 어떻게 당신 감방에서 나올 수 있었지?

쥐	조그만 구멍들이 뚫려 있거든. 쥐로 분장하면, 눈에 안 띄고 돌아다닐 수 있어. (가면을 보여준다.)
쾝	(롤에게) 당신 친구, 돌았군. 도대체 무슨 말을 하는 거요?
롤	애가 농담을 좋아해서 그래요. 그렇게 나쁜 놈은 아닙니다.
쥐	난 그저 여러분과 파티를 하고 싶을 뿐이라고.
쾝	하지만 지금 심각한 문제에 대해 말하고 있는데, 당신이 계속 끼어들고 있단 말이야. 여기 얌전히 앉아 있는다면 있어도 좋아.

쥐가 의자를 가져와서 앉는다.

쥐	얌전, 얌전히……. 담배는 피워도 되겠지?
쾝	그들이 당신 담배를 빼앗지 않는다면 언제든지.
쥐	왜 내 담배를 빼앗아가겠어?
쾝	감방에선 늘 있는 일이거든.
쥐	(담배에 불을 붙이면서) 이 양반이 여길 감방이라 부르시네!
쾝	이런. 우리가 어디까지 이야기했더라? 다 까먹었다. 아, 그렇지!

쾝은 다시 울기 시작하고, 롤은 침대에 다시 눕는다. 쥐는 귀를 틀어막는다.

제 5 장

롤, 켑, 쥐

침실-감방.

롤   이제 그만 좀 울어요. 남자가 왜 그래요?

켑   남자도 울 수 있어. 자네가 너무 어려서 모르는 거지. 난 내가 흘리는 이 눈물이 창피하지 않아. 이 눈물은 약해서 흘리는 것이 아니란 말이야. 육체적인 아픔 때문에 우는 것도 아니야. 이 눈물은 절망과 슬픔 때문에 흘리는 거야.

롤   왜 절망스럽고 슬픈 겁니까? 혹시 어르신이 마지막 남은 썩은 이를 잃어서 그러나요?

쥐   (담배꽁초를 내던지며) 정말 파티 한번 끝내주는군!

켑   조용히 해! (롤에게) 자네 지금 나를 조롱하는 거야? 상관없어.

롤   그럼 말해보라고요.

켑   그러지. 아마도 자네는 이해할 수 있을 거야. (한숨을 쉰다.) 내가 누군가에게 맞았다는 건 알지?

롤	같은 놈이겠지요. 여기 모두가 다 그 자식에게 맞았어요.
쥐	분명 브릭 그 자식일 거야. 그 늙은 브릭. 그놈은 일을 너무 열심히 한다니까.
켑	그 인간이 내 가장 친한 친구야.
쥐	축하!
켑	내 유일한 친구가 그 인간이었어. 형제와도 같았지. 그런데 오늘 그놈이 날 두들겨 팬 거야. 내 얼굴에 대고 "배신자!"라고 내뱉었어. 내가 아무 죄가 없다는 걸 알면서도 그런 거라고! 20년 동안 친구였는데 그걸 모르겠냐고? 우리가 불법으로 같이 일한 게 20년인데?
롤	이제 이해가 가네요. 하루 종일 노인장이 깨부수느라 바쁘셨던 그 훌륭한 분이 같이 불법을 저지른 동료란 말이지요.
쥐	브릭 그 늙은 개자식이 틀림없다니까.
롤	두 분은 동고동락하면서 같은 이상을 위해 싸운 거군요.
켑	오래전에 우리가 아직 힘이 없을 때 내가 체포된 적이 한 번 있었지. 브릭과 내가 같이 조직했던 시위가 끝난 다음이었어. 난 훨씬 두들겨 맞았지만 그때는 울지 않았어. 날 때린 건 민중의 적들이었지. 그들은 다른 조직원들이 어디 있는지 불라며 고문했지만, 난 한마디도 하지 않았어.
롤	그건 꽤나 가치 있는 일이었겠어요.

| 켑 | 그래, 그럴 가치가 있었지. 자랑스러웠지. 3년을 감옥에서 보냈어. 훨씬 나중이긴 하지만 그도 역시 감옥살이를 했었고. 그래, 그때 그는 대단했지! 한번은 나를 구하려고 자기 목숨을 걸었으니까. |

쥐가 하품을 크게 한다. 켑이 매섭게 노려본다.

쥐	난 아무 말도 안 했어요.
켑	다리 위에서 뛰어내려야만 했었어. 난 도망갈 수가 없었어. 그때 머리를 다쳤거든. 난 꼼짝도 못 하고 있었…….
쥐	알았어, 알겠다고. 자기 목숨을 걸고 당신을 구했다는 거지. 그 얘긴 이미 다른 곳에서도 많이 들었다니까.
켑	제발 입 닥치고 있어주시면 고맙겠습니다.
쥐	진짜로 이 이야기를 하고 싶다는 건가요?
켑	물론, 이야기하고 싶어. 하지만 당신에겐 진절머리가 나. 제발 당장 나가주셨으면 하오.
쥐	(일어서며) 나도 나가고 싶어요. 여기가 나도 지긋지긋하다고. 한데 그게 간단치가 않잖아. 브릭, 저 교도관 놈이 문을 열어줘야 말이지. 저놈이 그러잖아. "그 안에 있는 사람은 모두 다 거기 있어야 해."
켑	교도관 따위가 무슨 상관이야! 원하기만 하면 당신 따위는 사라지게 할 수 있다고. 당신은 내 상상의 열매일 뿐이야. 내가 당신이란 존재를 생각하

지 않는 것만으로 당신은 사라지거든.

쥐   아, 그래요? 그럼 한번 그렇게 해보시든지.

쥐가 의자를 가져와서 켑 앞에 앉는다. 둘은 서로 바라본다.

쥐   아직도 내가 여기 존재하는 것 같은데.

켑   마이 갓! 이게 어찌 된 일이지?

쥐   어찌 된 일이냐 하면, 난 당신의 상상의 열매라지
        만, 내가 그 열매라고 하는 것이야말로 당신의 어
        쩔 수 없는 상상이라는 것이지. 상상의 열매. 열매.
        하 하 하. 근사하군, 그거! 열매! (켑에게 다가간다.)
        결국 나는 당신 멋대로 상상해서 만들어진 존재는
        아니라는 거야. 난 여기서 나온 것이 아니라, (켑의
        이마를 툭툭 친다.) 여기서 나온 거란 말이야. (켑
        의 뒤통수를 툭툭 친다.) 여기가, (이마를 치면서) 하
        하, 당신이 주문한 그 열매고, 여기는 (뒤통수를 치
        면서) 스스로 자라나는 열매야.

롤   (쥐에게) 노인을 자극하지 마. 그렇게 몰아붙이지
        말라고! (켑에게) 침대에 좀 누워서 쉬세요.

켑   (누우면서) 맞아. 아무 생각도 할 수가 없어. 아무
        일도 일어나지 않았으면…….

쥐   롤과 함께 파티를 하고 싶으시다고요? 여기 그가
        있어요. 하지만 그는 혼자가 아닙니다. 그는 한순
        간도 혼자인 적이 없습니다. 내가 어디나 그를 따
        라다니거든요.

쾝이 코를 곤다.

롤 불쌍한 노인네. 벌써 주무시네.

쥐 그편이 훨씬 나아. 이제 정치 말고 다른 걸 이야기
할 수 있잖아.

롤 하지만 재미있잖아! 이 노인은 이상을 위해 일생
을 희생했는데 지금 그 모든 것이 헛된 일이라는
걸 알게 됐잖아. 동료들은 지금 고문 기술자가 되
어 있고, 자신은 고문의 희생자가 되었어. 그리고
여전히 자기의 이상을 믿으면서 거기에 매달려 있
는데. 넌 그게 이상하다고 생각하지 않아? 보통 이
쯤이면 자신의 믿음을 포기해야 하는…….

쾝 아, 아니야! 내 인생이 실패했다고?

쥐 안 자고 있었나, 늙은이?

쾝 자고 있어도, 다 듣는다고. 난 절대 내 신념을 부정
하지 않을 거야. 내 젊음과 가족을 다 바쳐서 희생
한 이상이란 말이야! (일어서며) 선생, 난 내 이상
을 위해 사람도 죽였어. 내 이상을 위해 온갖 더러
운 짓도 했고. 무슨 짓이든 했다고. 이상을 위해서
라면 내 어머니라도 배신했을 거고, 새끼들이 있
었다면 걔들도 팔아먹었을 거야.

쥐 브라보, 브라보. 자랑거리가 생기셨네.

롤 진정하세요, 진정.

쾝 진정하라고? 나한테 지금 모든 것을 부정하라고
하는데? 내 나이 칠십에 이런 요구를 받고 있는데?

브릭이 아무리 나를 구타했어도, 그건 다른 이야기야.

쥐   그 인간인 줄 알았다니까.

켑   브릭이 착각했다는 뜻이라고. 그는 내가 죄가 있다고 믿고 있고, 자신의 일을 하는 거라고. 인간은 착각할 수 있잖아. 하지만 당은 절대로 착각하지 않아! (다시 눕는다.)

쥐   내가 단언하지. 그는 게임에 빠져 있는 거야! 늙은 사기꾼 같으니! 그는 어쩔 수 없어. 하지만 넌 이해해야만 해. 그의 경험에서 배우라고.

롤   나한테 하는 소리야? 그런 바보 같은 불행의 쪼가리들에서 배울 게 뭐가 있다고.

쥐   너도 일흔 살이면 같은 처지에 놓일 거야. 권력과 대면하게 될 거고, 그들이 네 이를 부러뜨리겠지. (켑을 가리키며) 이게 너라는 걸 모르는 거야? 40년 후의 네 모습을?

롤   나라고? 이게?

쥐   그래. 너도 잘 알잖아.

마담 브레뒤모   (거실에서) 샤아아아를! 다알링!

제 6 장

롤-브레뒤모, 마담 브레뒤모, 아르가스, 마담 아르가스

거실.

아르가스와 마담 아르가스가 안락의자에 앉아 있다. 그들 앞 낮은 탁자 위에 유리잔들이 놓여 있다. 마담 브레뒤모가 침실 문 근처에 있다.

마담 브레뒤모 다알링!

롤-브레뒤모가 휠체어를 타고 등장한다. 방문객이 있는 것을 보고 꼼짝하지 않는다.

롤-브레뒤모 (방백처럼 마담 브레뒤모에게) 뭐야! 이런 짓을 하다니! 왜 저들을 초대한 거야?

마담 브레뒤모 내가 초대한 게 아니야. 자기들이 제멋대로 온 거라고.

아르가스 방해가 됐나요? 저희가 방해가 된 것 같군요.

마담 브레뒤모 방해라니요, 그럴 리가요. 저이도 좀 쉬어야

	해요. 벌써 몇 시간째 일하고 있었거든요.
롤-브레뒤모	몇 시간째? 웃기시는군. (다가가면서) 안녕한 가, 아르가스. 안녕하십니까, 부인. (악수를 나눈다.)
아르가스	우리가 방해한 모양이야. 미안하네.
마담 아르가스	샤를은 내가 오면 늘 반겨줘요. 맞지요, 샤를?
롤-브레뒤모	그렇다고 할 수 있지요, 부인. 그렇게 말씀하시니 기쁩니다.
마담 브레뒤모	소다수 한 잔 드릴까요, 여보?
롤-브레뒤모	위스키, 스트레이트로.
마담 브레뒤모	오늘은 이제 일은 안 하시려고?
롤-브레뒤모	아까는 내가 몇 시간이나 일했다고 하고, 지금은 일 안 한다고 타박하나?
아르가스	우리가 샤를을 방해했나 봐요. 저희 잘못입니다. 한잔 들어가면 일은 못 할 거예요.
롤-브레뒤모	한 잔! 딱 한 잔 마시겠다는데, 이 사람들이 아주 드라마를 쓰시는구먼.
마담 아르가스	사람들 체포하느라 바쁘시겠지요.
아르가스	여보, 말조심하라고 했지!
롤-브레뒤모	체포라니?
마담 아르가스	하지만 다 알잖아요! 더는 비밀도 아니고요.
롤-브레뒤모	아, 비밀이 아니라고요!
아르가스	마르타!
마담 아르가스	하지만! 모두가 아는걸요.
롤-브레뒤모	아, 그래요?

마담 아르가스	네, 물론이죠. 전부 그 이야기만 하는걸요.
롤-브레뒤모	그 이야기라니요?
마담 아르가스	반동분자 색출, 체포, 실종…….
롤-브레뒤모	알겠어요, 알겠다고요. 모두가 그런 이야기를 한단 말이지요?
아르가스	샤를! 마르타가 하는 이야기 듣지 마. 제멋대로 지껄이는 거야.
롤-브레뒤모	노에미, 한 잔 더 마셔야겠어. (마담 브레뒤모가 한 잔 더 준다.)
아르가스	샤를, 내가 온 이유도 그게 걱정돼서야.
롤-브레뒤모	자, 진정해, 내 친구 아르가스.
아르가스	그럼 난 걱정하지 않아도 되는 거야, 샤를?
롤-브레뒤모	잘못한 것이 없는데 왜 걱정을…….
마담 아르가스	오, 물론이지요! 에르네스트가 잘못한 게 있을 리 없지요.
아르가스	그…… 자이크 말이야……. 우리하고 함께 일했던…….
롤-브레뒤모	그래서?
아르가스	정말 죄가 있는 거야?
롤-브레뒤모	우리가 그를 체포했으니까…….
아르가스	하지만 샤를, 당신은 그 사람 친구였잖아……. 그 사람이 죄가 있다고 생각해?
롤-브레뒤모	내 생각과 무슨 상관이 있겠어?

침묵이 흐른다. 마담 브레뒤모가 잔들을 채운다.

마담 브레뒤모	샤를도 젊을 때 감옥살이 좀 했었지요.
마담 아르가스	오, 그 이야기 해주세요! 재미있겠어요!
롤-브레뒤모	그래요, 아주아주 재미있었지요.
아르가스	왕정 치하에서 정치 성향 때문에 고생깨나 했었지. 대단했어.
마담 브레뒤모	그래요, 우리 젊은 시절은 아름다웠어요. 그리고 샤를은 시를 썼었어요.
마담 아르가스	사랑에 관한 시들이었나요? 오, 정말 읽고 싶어요!
마담 브레뒤모	다 잃어버렸어요. 또 다 잊어버렸지요.
마담 아르가스	정말 안타깝네요! 출판하셨어도 됐는데. 전 시를 정말 좋아해요! 불행하게도, 에르네스트는 너무 평범한 사람이죠. 시라고는 단 한 줄도 못 쓸 거예요. 감옥살이는 해본 적도 없고요.
롤-브레뒤모	낭만주의를 경험 못 해본 건 용서할 수 없는 걸. 하지만, 아마도 아직 그렇게 늦진 않았어.
아르가스	농담이겠지.
롤-브레뒤모	물론이야. 실례하네, 급히 전화해야 할 곳이 있어서 말이야. 잠시 후에 돌아올게.

112

제 7 장

브릭, 롤, 쥐, 켑

침실-감방.

롤이 거실에서 돌아온다. 가면을 벗는다. 다른 이들은 카드 게임한 판을 끝냈다. 바닥에는 빈 와인병이 두 개 놓여 있다.

켑   이상하단 말이야. 왜 돈은 항상 내가 내는 거지?

쥐   당신이 잃으니까 그렇지.

켑   바로 그게 이상하단 말이야. 내 패가 아주 좋았거든.

쥐   실력이 없어서 그렇지. 패가 좋다고 항상 이기는 건 아니잖아.

켑은 브릭에게 돈을 지불한다.

켑   보라고, 마찬가지잖아.

브릭   모자라.

켑   그게 맞는 금액이야.

브릭   위험수당은 없어? 내가 이러고 있는 건 위험한 일

이라고. 이건 금지된 일이야. 모가지 내놓고 하는
일이야.

쥐　위험수당? 아까 술 두 병 가져왔을 때 챙겼잖아.
이번에는 위험수당 없어. 군소리 없이 와인이나
가져오라고! 서둘러!

브릭　저 쥐새끼, 더러운 놈! 저놈이 결국 당신들 윗도리
까지 홀랑 벗겨먹을 거야. (퇴장한다.)

쥐　(켑에게) 당신은 두고 보고만 있겠지.

켑　뭘 원해? 여기선 어차피 자기 마음대로 할 텐데.
(자신의 턱을 툭툭 친다.)

쥐　여자 하나 부르는데 얼마나 달라고 할까?

롤　그건 생각하지도 마!

쥐　아니, 그 반대야. 난 그것만 생각하거든. 비용은 우
리가 나누면 되잖아.

켑　난 빠질래. 단 한 푼도 못 내.

쥐　그럼, 뭐 좀 보겠다고 눈 뜨면 안 돼, 늙은이.

롤　난 돈으로 여자를 사는 일 절대로 안 해.

쥐　그럼, 여자가 네 그 예쁜 눈이나 보자고 여기에 온
다는 거냐? 우리가 어디에 있는지 잊은 거야?

롤　여자를 품고 싶은 생각 따윈 꿈에도 안 해.

쥐　항상 넌 머릿속에 나사 하나가 빠진 것 같아.

롤　아니, 그런 게 아니야. 그서 시킹히는 사람이 있어
서 그래.

쥐　그런 게 무슨 문제야.

롤　문제지. 나에겐 문제라고.

쥐	알았어, 알았다고. 그럼 나 혼자 돈 내고 즐길게.
켑	(침대에 누우면서) 난 자야겠네.
쥐	네 이상이나 잘 간직해.

브릭이 와인 두 병과 잔들을 들고 들어온다. 켑이 관심을 보인다. 브릭이 잔을 나누어 주고 채운다.

브릭	이번에는 잔도 가져왔어. 공짜로. 자, 우리의 건강을 위하여.
쥐	우리의 사랑을 위하여. (마신다.)
브릭	그건 그렇고, 할 이야기가 있는데……. (쥐의 귀에 속삭인다.)
쥐	좋아, 좋아. 관심 있고말고. 하지만 내 생각에는 아무도 원치 않는 것 같아.
브릭	그렇게 비싸지 않아. (속삭이면서) 내 모가지 걸고 하는…….
쥐	비싸잖아. 한데 예쁘긴 하나? 몇 살인데?
브릭	스무 살. 아름다움 그 자체지.
쥐	(브릭에게 돈을 주면서) 이거면 됐지. 서둘러줘.
브릭	순간 이동처럼 돌아올게. (퇴장한다.)
쥐	신난다! 쟤가 지금 하나 붙여주기로 했어.
롤	하나라니?
쥐	한 여성 이상주의자. 우리와 친해지라고.
켑	내가 밀수를 하긴 했어도, 그런 걸 팔진 않았어.
쥐	당신은 정신이 오락가락하잖아.

롤	(켑에게) 밀수를 했다고? 그럼 그것 때문에 여기 있는 거요, 혹시?
켑	물론이지. 그럼 내가 아무 죄도 없이 여기 왔겠나?
롤	한데 왜 아무 죄가 없는 척한 거요?
켑	최악의 상황에선 누구나 무죄를 주장하지. 하지만 브릭에게는 아무 소용이 없어. 그도 거기 있었으니까.
롤	거기라니?
켑	밀수 시장. 우린 같이 일했거든.
롤	하지만 그는 자유롭게 활보하고 있잖아요!
켑	물론. 내가 그를 밀고하지 않았으니까. 나를 여기서 꺼내줄 사람도 브릭이야.
쥐	세상에! 말도 안 돼!
롤	하지만 그가 당신을 팼잖아요?
켑	겉으로만 그런 거야.
롤	그럼 당신 이는?
켑	그건 다 틀니였어. 보라고.
롤	이거 좋은 본보기네.
켑	자네, 세상을 아직 모르는군. 애송이야. 어디나 세상은 다 마찬가지야.
롤	그럼 당신의 투쟁 경력은?
켑	다 조작한 거지. 브릭과 함께 다 싼 거야. 과서 낑력 따위 조작하는 건 별거 아니지.
롤	매우, 매우 훌륭한 본보기야.
쥐	그런 현학적인 말투 좀 집어치우라고! 히로뽕 처

음 하고 놀란 것처럼 호들갑 떨지 마! 히로뽕이 뭔지는 아시나? 그런 말을 들어본 적도 없다고 하시겠지?

롤 입 닥쳐!

쥐 난 뭔가 할 말이 있을 때, 입 닥치는 습관은 없거든.

롤 그래도 난 정치적 신념은 있어.

쥐 단지 그것 때문에 네가 감옥에 있는 게 아니잖아. 네 정치적 신념 따윈 아무도 관심이 없다고. 아무도 그런 건 신경 쓰지 않아.

켑 에, 에, 죽이지, 그거! 이봐, 젊은 친구! 그럼 뽕 맞고, 그거 팔다가 잡혀 온 거야? 정말 이 친구 위대한 혁명가시네! 에, 에!

롤 그만해, 이 늙은이! 귀 따가우니까.

쥐 자 한 잔씩 더 하시라고. (모두에게 술을 따른다.)

롤 (잔을 들면서)
지금은 마셔야 할 시간
멜랑콜리의 그 끝이 보이지 않는 밭을 갈 사람이 없기에
그림자들은 모두 침실로 돌아갔네.
침묵은 검게 물들고
그저 남겨진 심장들만 문을 두드리는 소리처럼
쿵쿵거릴 뿐.

롤은 마신다. 켑은 코를 곤다.

쥐	또 약에 취한 거냐, 뭐냐?
롤	어제는 모든 것이 아름다웠지
	음악은 나무에
	바람은 머리칼에
	내 보드라운 손안에는
	태양이 떠오르고 있었다네.

브릭이 들어온다.

제 8 장

롤, 쥐, 켑, 브릭, 노에미

침실-감방.

브릭   시를 짓는 것은 금지라고 했잖아.

쥐   여자는 어디?

브릭   (노에미를 들여보내며) 여기 있잖아.

롤   노에미!

노에미   롤! (그녀는 롤의 품 안으로 뛰어든다.)

롤   네가! 여기에!

쥐   이봐? 같이 나눠 가져야지.

롤   믿을 수가 없어! 끔찍해!

롤은 노에미를 밀어내고, 침대에 몸을 던진다. 켑이 일어난다.

켑   웬 소란이야? 잠도 못 자게 하나? 벌써 끝났어, 휴식 시간? 내 마누라가 또 부르나?

노에미   (얼굴을 감싸면서) 창피해, 창피하다고.

쥐	지금 그런 걸 따질 때가 아니야. 이미 늦었어. 이리 와! (노에미의 팔을 잡아챈다.)
노에미	이거 놔요!

노에미는 나가려고 애를 쓰지만, 브릭이 그녀를 쥐에게 떠민다.

브릭	이미 쟤가 돈 다 냈어. 왜 이래? 너 여기 처음 오는 것도 아니잖아.
노에미	롤!

롤이 노에미와 쥐 사이에 뛰어든다.

롤	그녀에게서 손 떼!
쥐	그럼 내 돈 다시 내놔!
롤	(주머니에서 돈을 꺼내면서) 얼마야?
쥐	150.
롤	돈이 모자라. (브릭에게) 쟤한테 돈 돌려줘!
브릭	내가 미쳤냐! 게다가 난 반만 가지고 있다고. 나머지 반은 저 여자가 가지고 있어.
롤	(노에미에게) 돈 돌려줘!
노에미	나한테는 없어.
브릭	거짓말! 저 여자가 가시고 있어! 내가 방금 줬단 말이야.
롤	그 돈 돌려줘, 노에미!
켑	여자가 미쳤냐?

노에미   난 이 돈이 필요해. 정말 절실하다고. 이걸로 마약을 사야 한다고. (쥐를 끌어안는다.)

롤   안 돼!

롤이 노에미를 밀쳐내고, 쥐에게 주먹을 날린다.

쥐   설마 여자 때문에 나하고 싸우자는 거야? 나하고?

롤이 다시 주먹을 날린다. 아수라장이 된다. 브릭이 둘을 떼어놓으려 애를 쓴다. 노에미는 울부짖고, 켑은 병나발을 분다. 롤은 바닥에 누워 있다. 노에미가 그를 간호한다.

마담 브레뒤모   (거실에서) 샤아아를!

쥐   (켑에게) 선생을 부르시는데요.

켑   (마시면서) 할 수 없지. 자네가 가야지.

쥐는 어깨를 으쓱거리더니 브레뒤모로 변장한 다음 휠체어에 앉는다.

제 9 장

아르가스, 마담 아르가스, 마담 브레뒤모, 쥐-브레뒤모

거실.
아르가스 부부가 식사 중이고, 마담 브레뒤모는 침실 문 앞에 서 있다.

아르가스　　이거 정말 맛있네.

마담 아르가스　　난 연어가 더 맛있어요.

마담 브레뒤모　　다알링!

쥐-브레뒤모가 휠체어를 타고 등장한다.

마담 브레뒤모　　미안해, 샤를. 당신을 깨울 수밖에 없었어. 당신 코 고는 소리가 여기까지 들리더라고.

쥐-브레뒤모　　이제는 환청까지 들리나 보네. 뭐야? 이 사람들 아직도 있는 거야?

마담 브레뒤모　　그러게!

쥐-브레뒤모　　게다가 음식 대접까지 하고 있네! 젠장! 이 사

	람들 못 가게 당신이 잡아놓고 있었군.
마담 브레뒤모	오, 아니야, 샤를! 조르주가 오늘은 외출했다고 하니까, 저 사람들이 전화로 음식을 주문한 거야.
쥐-브레뒤모	염치도 없는 것들! 침대도 가져오라고 하지?
마담 아르가스	시장하시겠어요, 샤를. 이리 와서 맛있게 속을 채운 아보카도 좀 들어보세요.
쥐-브레뒤모	뭘 좀 마셔야겠어, 노에미.
마담 브레뒤모	이미 많이 마시지 않았어?
쥐-브레뒤모	취하지 않고, 어찌 이 광경을 참고 넘기겠어?

마담 브레뒤모와 쥐-브레뒤모가 아르가스 부부와 합류한다.

마담 아르가스	배부르게 먹고 나면, 난 꼭 굶주린 이들을 생각해요.
쥐-브레뒤모	천사 같은 마음씨를 가지셨네요, 부인. (마신다.)
마담 아르가스	기근 문제는 어디서나 그렇지만, 특히 우리나라에서는 뜨거운 이슈예요.
아르가스	화제를 바꿔, 마르타! 밥맛 떨어진다고.
마담 아르가스	나에겐 정반대인걸요. 그 화제가 입맛을 돌게 해요. 다만 몸매 관리에 신경을 써야 하긴 하죠.
쥐-브레뒤모	맞는 말씀입니다, 부인! 그렇게 젊은 아가씨의 몸매를 유지하는 게 가장 중요한 문제지요.
마담 아르가스	과찬이세요! (마담 브레뒤모에게) 질투 나지

않으시죠, 노에미?

마담 브레뒤모 질투요? 아, 네, 물론, 약간 나긴 해요. 하지만 우리 나이에는, 다 아시면서…….

마담 아르가스 샤를은 아직도 매력이 넘치네요.

쥐-브레뒤모 우리 집사람이 점점 더 매력적으로 바뀌는 것 같아요. 아시다시피, 나이는 숫자에 불과하니까요. 저희 어머님은 죽기 전까지 미모를 유지하셨어요.

마담 브레뒤모 당신 어머님은 아직 살아 계시잖아요, 샤를.

쥐-브레뒤모 맞아요. 이제 겨우 100세가 되셨어요. 오늘도 전화하셨어요.

특별한 것이 없는 침묵이 흐른다.

쥐-브레뒤모 (마담 브레뒤모에게 잔을 들이대며) 부탁해, 노에미.

마담 브레뒤모 괜찮겠어, 샤를?

쥐-브레뒤모 괜찮다니? 뭐가?

마담 브레뒤모 알았어, 알았다고. 자, 받아. (잔을 채운다.)

아르가스 기근 사태는 사회 지도층의 책임이야. 나라를 이끄는 것이 뭐가 그리 어렵다고!

마담 아르가스 만일 우리가 지도층이라면, 그건 기업과 지성, 특히나 당에 대한 충성도 때문이겠지요.

아르가스 맞아, 당신이 말한 당에 대한 충성은 정말 중요해. 권력을 수행할 때 인민 교육이 정말 어려워. 그들은 게으르고, 일도 하지 않고, 스스로 깨치지도 못하지…….

마담 아르가스   할 줄 아는 거라곤 거리에서 고함지르는 것과 툭하면 파업하는 거죠. 인민들이 일을 조금만 더 하고 애들은 덜 낳으면 딱 좋을 텐데!

쥐-브레뒤모   하지만 부인, 어떤 식으로 인민의 출산을 막을 건가요?

아르가스   역시 교육이 필요하지.

마담 아르가스   그래요. 인민에게 피임약을 배급하거나, 아니면 강제 불임을 시켜야 해요. 원하든 원하지 않든 말이죠.

쥐-브레뒤모   아주 현명한 생각이십니다! (아르가스에게) 정치적으로 자네 부인은 아주 앞서 있어, 아르가스. 꼭 자네만큼 말일세. 비할 데 없이 설명도 잘하고.

아르가스   내 말이 그 말일세. 아내는 확실한 자기 생각이 있어.

쥐-브레뒤모   나무랄 데가 없는 여인이야!

마담 아르가스   중요한 건 쌀 한 줌을 받느냐 아니냐, 이런 문제가 아니라는 거지요.

쥐-브레뒤모   그럼 중요한 건, 그…….

마담 브레뒤모   안 돼, 샤를!

마담 아르가스   중요한 건, 불행 속에서도 고개를 꼿꼿이 세우는 것이지요.

쥐-브레뒤모   입을 벌리고만 있다면, 갈매기 똥까지…….

마담 브레뒤모	샤를! 제발!
쥐-브레뒤모	왜? 그게 얼마나 영양분이 많은데.
마담 아르가스	인생이 나에게 많은 것을 가르쳤지요. 그거 아세요? 전 스위스에서 자랐어요. 마지막 전쟁 동안…….
쥐-브레뒤모	마지막 전쟁, 스위스에서? 하지만 부인은 그때 태어나지도 않았을 텐데!
마담 아르가스	이차세계대전 말이에요.
쥐-브레뒤모	아, 다른 사람들이 벌인 전쟁!
마담 아르가스	스위스에서는 매우 심각하고 잔혹한 탄압이 있었고, 배급도 견딜 수가 없는 수준이었어요. 그래도 아무도 불평하지 않았었죠.
쥐-브레뒤모	그게 스위스가 달성한 위대한 정신이지요! 지금 그 정신을 적대적인 국가들에 수출하고 있지요?
마담 브레뒤모	샤를, 당신 너무 많이 마셨어.
쥐-브레뒤모	아직 멀었어. 더 따라!
마담 브레뒤모	그만 마셔, 샤를!
쥐-브레뒤모	난 성인이야. (스스로 잔을 채운다.)
마담 브레뒤모	죄송합니다. 저이를 좀 재워야 할 것 같아요.
마담 아르가스	샤를은 매력 있어요. 아주 섹시하죠. 이런 모습은 처음 봤어요.
아르가스	여보, 늦었어. 우리도 이제 돌아가야지.
마담 아르가스	정말 즐거웠어요. 그리고 재미있는 대화였어요.
쥐-브레뒤모	오, 그럼요, 부인! 놀라운 것들을 배웠어요!

부인이 저 깊고도…… 어두컴컴한…… 우물의
문을 열어주셨어요.

심각한 침묵.
쥐-브레뒤모는 만취 상태이다.

마담 브레뒤모   보통 우물에는 문이 없어, 여보!

쥐-브레뒤모   우물엔 문이 없다고? 하지만 여기! (무대 안쪽
의 문을 가리킨다.) 여기, 여기 하나 있잖아! 하
나의 문!

쥐-브레뒤모는 문을 가리키면서 휠체어에서 반쯤 일어선다.

쥐-브레뒤모   나가기 위한 문! 나가세요! 밖으로!

쥐-브레뒤모는 탁자의 잔들을 모두 쓸어버린다.

마담 브레뒤모   샤를! 저이를 용서하세요! 정말 죄송합니다.

아르가스와 마담 아르가스는 무대 안쪽의 문을 향해 물러선다.
마담 브레뒤모가 그들을 안내한다. 모두 나간다. 쥐-브레뒤모는
닫힌 문을 향해 빈 병을 던진다.

쥐-브레뒤모   고개를 꼿꼿하게 세우라고! 몸매 관리도 잘하
고!

제 10 장

롤, 노에미, 켑, 쥐

침실-감방.

노에미가 여전히 롤 위에 몸을 굽히고 있다. 켑은 침대에서 자고 있다. 쥐가 도착한다. 쥐가 가면을 벗어서 켑의 얼굴에 씌운다. 쥐는 켑이 일어나서 휠체어에 앉는 것을 돕는다.

쥐   (켑에게) 선생님 친구들을 제가 다 쫓아냈어요.

켑   고맙네, 고마워 정말, 젊은 친구.

쥐   (노에미에게) 우리도 가봐야지.

켑   (롤을 가리키며) 그는 죽었나?

쥐   우리도 죽은 목숨인걸요. (문을 두드린다.) 열어, 브릭! 이제 다 끝났어! (문이 열린다.)

노에미가 켑에게 가서 이마에 키스를 한다.

노에미   잘 자요, 샤를.

쥐   (노에미에게) 도와줘.

쥐가 롤의 어깨를 잡고, 노에미가 롤의 발을 잡고 든다.

쥐   안녕히 계세요!
켑   잘 가게!

쥐와 노에미가 롤을 들고 나간다.

제 11 장

켑(브레뒤모), 브릭(조르주)

침실.
브릭이 침실 시종의 복장으로 들어온다.

브릭   선생님, 주무시겠습니까?

켑   그래, 조르주. 매우 피곤하네.

브릭   그러시겠지요, 선생님.

켑   나도 조금 취한 것 같네.

브릭   약간 과하게 드신 것 같습니다, 선생님.

브릭이 판자를 들어내고 침대를 정리한다. 탁자와 의자들을 제
자리에 놓고, 카펫도 다시 펴서 깔고, 그림들도 걸어놓고, 창문
과 문의 커튼도 다시 친다. 켑이 파자마 위에 입은 낡은 옷을 벗
는 것을 도와준다. 그리고 켑이 침대에 눕는 것을 돕는다.

켑   그들이 떠난 건 유감이야.

브릭   아르가스 부부요? 그건 선생님께서…….

켑	아니, 여기, 내 방에 있던 사람들 말이야.
브릭	여긴 아무도 없었습니다. 그건 단지 게임이었습니다. 그냥 꿈이었다고 생각하세요.
켑	알아, 나도 아네. 궁금한 것이 하나 있네, 조르주. 쥐는 누구지? 쥐는 누구였던 거야?
브릭	그럼 송구스럽지만 말씀드리겠습니다. 시발쥐는 선생님 자신입니다. 다시 말하면 젊은 시절의 선생님이지요.
켑	말도 안 돼, 조르주. 난 롤, 그 젊은 이상주의자 시인이었잖아.
브릭	그것도 아주 틀린 말은 아닙니다. 진실을 말하자면 선생님은 그 둘 다였으니까요. 이상주의자인 롤, 그리고 시니컬하고, 말하기가 죄송스럽지만 다분히 염치없는 시발쥐 말입니다.
켑	이해할 수가 없군. 난 그런 인물에 대한 어떤 기억도 없어.
브릭	선생님께선 기분 나쁜 기억들은 모두 지우셨어요. 순수하면서도 열정적인 이미지의 그 젊은 롤이라는 캐릭터를 상상하는 것을 즐기시거든요. 반면, 감히 말씀 올리지만, 선생님의 불쾌한 캐릭터에 관한 것은 모두 망각의 세계로 보내버리셨어요. 이상한 일도 아닙니다. 시간은 추억들을 아름답게 치장하거든요.
켑	증명할 수 있겠나, 조르주?
브릭	어려운 것도 아닙니다. 그 시절 우리에게 선생님

은 항상 시발쥐였으니까요. 어쨌든, 오늘 저녁 그 젊은이가 선생님 댁에 있었다는 것만으로도 선생님을 설득하기에는 충분합니다. 선생님의 의도와는 달리, 그가 선생님의 기억 속 저 깊은 곳에서 갑자기 튀어나왔으니까요.

켑		그럼, 그 시절에 자네들은 나를 시발쥐라고 불렀겠네? 난 그런 줄은 몰랐었군.

브릭		선생님이 안 계실 때만요.

켑		등 뒤에서, 그렇지?

브릭		물론이죠. 그렇지 않았다면, 매우 화를 내셨을 겁니다. 선생님의 다른 부분인 시인 롤은 매우 예민했거든요.

켑		브릭 이놈!

브릭		네, 선생님?

켑		그냥 켑이라 부르게. 오늘 밤은 이 게임 막판까지 가보자고.

브릭		선생님이 원하신다면야. 하지만 '게임 막판'이라니요?

켑		그래, 더 이상 게임을 하는 일은 없을 거야. 선생님이나 조르주라고 부르지 말자고. 밀수하던 시절처럼 부르자고.

브릭		그건 오래된 일이잖아요. 세월이 많이 변했잖아요.

켑		하지만 우리는 변하지 않았어, 브릭.

브릭		변한 거예요. 선생님은 이렇게 선생님이 되셨고, 저는 선생님의 시종인 조르주가 되었잖아요.

켑	꼭 그렇게 교활한 태도로 말해야만 하겠다 이거지.
브릭	그렇게 선생님의 입장에서 본다면. 좋아, 그럼 당신은 시발쥐야!
켑	그 쥐를…… 생각하자면…… 결론적으론 말이야, 아주 멋진 놈인 것 같아.
브릭	나도 별 볼 일 없는 사람의 시종이 되지는 않았을 겁니다. 단지 선생님이 심각하게 받아들이시고, 저를 영원히 시종으로 받아주셨으니.
켑	미안하네, 브릭. 가끔씩 깜박한다니까. 맞아. 하지만 다 잘 끝났잖아. 우린 아직 친구 아닌가?
브릭	물론이지, 내 오랜 친구 켑. 그럼 한잔하자고.

브릭이 잔 두 개와 술병을 침대 옆 테이블에 가져온다. 그리고 가까운 의자에 앉는다.

브릭	우리의 건강을 위하여, 켑!
켑	우리의 젊음을 위하여! 시발쥐를 위하여! (마신다.)
브릭	우리의 미래를 위해서도 마실까?
켑	우리에게 미래는 없어, 브릭. 우린 늙은이들인걸.
브릭	아직 그 정도는 아니야.
켑	그래, 그 정도는 아니지. 하지만…….
브릭	다른 게 또 있나?
켑	그래, 브릭. 내일…… 내일부터…… 난 100명의 사람들을 판결해야만 해.

침묵.

켑   그리고 그들 중 열두 명에겐 사형선고를 내려야만
         한다고. 그게 명령받은 수치야.

침묵.

브릭   그래서?

켑   그들은 아무 죄가 없어, 브릭. 다 아무런 죄가 없다
         고. 난 알아.

브릭   모두가 알고 있지. 그래서 어떡할 셈인가?

켑   난 그런 짓은 하고 싶지 않아. 할 수가 없어.

브릭   누군가는 해야 하는 일이야.

켑   그런다고 용서되지 않아.

브릭   결코 용서되지 않지.

침묵.

켑   롤이라면 어땠을까 생각해봤네. 그러면 확실히 그
         런 일은 안 하겠지.

브릭   그게 자네가 잘못 알고 있는 거야. 롤이라면 할 걸
         세. 담담하게 양심석으로. 자신의 이상이란 이류
         으로. 그래서 이상을 가진 자들이 위험한 거야. 인
         간 말종들이라고. 그들은 어떤 짓이건 다 해치우
         거든.

켐	그럼, 롤이라면 할 거라는 거야?
브릭	그렇지. 하지만 그런 짓을 절대 하지 않을 인간을 알고 있어. 시발쥐 말이야. 모든 이의 행복이나 원칙의 승리 따위의 감언이설에 그가 넘어갈 리가 없지. 그래, 그라면 절대 그런 짓은 안 할 거야. 확실해.
켐	나도 그렇게 확신해. 롤은 죽었어. 나는 시발쥐야. 한 잔 더 줘. (마신다.) 난 차라리 피해자들 중 하나가 되고 싶어.
브릭	그게 오늘 저녁에 자네가 늙은이 가면을 쓰고 상상하려고 했던 것인가?
켐	그래. 하지만 난 그 늙고 불쌍한 켐이 아니야. 내가 늙은 것은 맞지만, 손에 100명의 목숨이 달린 힘 있는 브레쥐모라고.
브릭	힘이 있다고? 하! 하! 자네는 흙으로 만든 잔만큼이나 힘이 없어. 권력은 다른 곳에 있어. 자네는 범행 수단일 뿐이라고. 자네의 유일한 힘이라면 명령을 거절하는 거야. 그것밖에 할 수 있는 일이 없다고. 그게 유일하게 남은 방법이야.

브릭은 주머니에서 작은 봉지를 꺼내어 내용물을 켐의 잔에 붓는다.

| 켐 | 내 친구 브릭. 자네가 내 곁에 남아 있어서 얼마나 다행인가! 효과가 빠른가? |

브릭	순식간에 갈 거야. 아무 고통 없이. 자네가 동의해
	줘서 다행이야, 켑.
켑	만일 내가 동의하지 않았다면?
브릭	자네가 의심하지 않고 마시도록 내가 다른 조처를
	취했겠지. 또 그렇게 할 수밖에 없었을 거야. 그놈
	의 우정 때문에. 이해하겠지?
켑	이해하지. 그 잔을 줘. 그리고 자네는, 자네는 어찌
	할 건가?
브릭	선생께선 내 걱정일랑 안 하셔도 됩니다. 난 감옥
	의 간수를 할 생각이야. 그 안에서 난 꽤 쓸모가 있
	거든. 감옥에는 괜찮은 인간들이 꽤나 많으니까.

켑은 잔을 비우고 브릭에게 건네준다.

켑	잘 있게, 브릭. 좋은 와인이야, 아주 좋은 와인.
브릭	그래, 아주 좋은.
켑	내 어머니에게, 자네가…… 자네가 진실을 말해주
	게……. 그리고 노에미에게도 역시. 그녀들은 이해
	할 거야.
브릭	그래.

침묵.
브릭이 켑에게 몸을 기울인다. 침대에서 물러난다. 냄새를 맡는
다. 주위를 둘러본다.

브릭   아, 이런! 하마터면 깡통을 잊을 뻔했네!

깡통을 들고 퇴장한다.

막

괴물

이 연극은 가면을 쓴 거의 나체 상태의
원시 종족들이 살고 있는 상상의 세계에서 진행된다.
연극은 여섯 개의 장면으로 이루어져 있고,
빈 무대로 진행될 수도 있다.

등장인물
놉
팀
릴
장로
남자
남자1
남자2
남자3
남자들
여자들

장면 1

괴물의 등장

한밤중. 무대 안쪽에서 쇠사슬 소리와 종소리가 들린다. 공포에 질린 비명이 들린다. 청년 놉이 무대로 나온다. 희미한 조명.

놉   (속삭이며) 팀. 팀. (좀 더 강한 어조로) 팀. 일어나. (바닥에 누워 있는 팀을 흔든다. 팀이 일어난다.) 함정에 엄청나게 큰 짐승이 잡혔어. 괴상한 짐승이야.

팀   놉, 너야말로 괴상한 짐승이야. 내 기상 시간은 한참 멀었잖아.

놉   아냐, 팀, 이건 실제 상황이야. 너도 와서 보라고 깨운 거야. 놀라 자빠질 거야. 그렇게 커다랗고 끔찍한 짐승은 본 적 없을 거야.

팀   끔찍한 짐승? 어떤 짐승인데, 놉? 뭔가 닮은 게 있을 거 아니야?

놉   아니, 팀. 맹세하건대 지금까지 본 어떤 것도 그것과 비슷한 동물은 없어.

팀   아침에 봐도 되잖아, 놉. 아침에 보자.

놉	안 돼, 팀. 그럴 수 없어. 뭘 어떻게 해야 할지 모르겠어……. 무서워.
팀	무서워, 놉? 네가? 네가 무섭다고 했어?
놉	그래, 무서워. 어서 와봐, 팀. 뭘 어찌할지 같이 결정하자. 넌 내 가장 친한 친구잖아, 팀. 네가 필요해.
팀	심각한 것 같네, 놉. 알았어. 같이 가자. (일어선다.) 이게 무슨 소리야? 이 이상한 소리는 뭐지?
놉	그 짐승이야, 팀. 그 짐승이 내는 소리가 들리는 거야.
팀	말도 안 돼! 이렇게 멀리까지 들린다고?
놉	그래, 팀. 걱정되지 않아?
팀	어서 가보자.

둘은 무대 안쪽을 향해 간다. 놉이 멈춰 선다.

놉	난 싫어. 그놈을 다시 보고 싶지 않아. 너 혼자 가. 가서 네 눈으로 보고 판단해봐.
팀	점점 더 이상해지네.

팀은 어둠 속으로 사라졌다가 다시 등장한다.

놉	봤어, 팀? 너 얼굴이 하얗게 질렸어.

팀이 등을 돌리고 무대 안쪽으로 간다. 토하는 소리가 들린다.

팀이 돌아온다.

팀   다 깨워. 넌 가서 장로님 찾아봐. 그분이라면 뭘 어떻게 해야 하는지 아실 거야. 난 북을 울릴게.

놉이 나가고, 팀은 무대 중앙에서 북을 친다. 이곳저곳에서 남자와 여자 들이 뛰어나온다. 남자들은 무기를 들고 있다. 고함 소리가 여기저기서 나고 여자들이 불행을 예감하며 눈물을 흘린다.

여자들   불행이여, 불행
평화는 끝이 났네
우리를 위협하는 위험이여
불행이여, 불행
어찌 될 것인가
사랑스럽고도 사랑스러운
연약하고도 연약한
순진하고도 순진한
우리 아이들은
불행이여, 불행
어찌 될 것인가
강하고도 강한
용감하고도 용감한
멋지고도 멋진
우리 남정네들은
불행이여, 불행

엄청난 위험이 우리를 위협하네.

놉이 깡마른 노인인 장로와 함께 등장하자 주위는 조용해진다.
장로는 사람들 중앙에 자리를 잡고 관객을 마주 본다.

장로 (놉에게) 보고해보게!

놉 간밤에 커다란 함정에서 보초를 서고 있었습니다.
한데 그만 잠이 들어버렸습니다.

장로 그럴 수 있지.

놉 사슬과 종소리에 놀라서 깨어나 뭐가 잡혔나 확인
하러 갔습니다. 그건…… 그건 지금껏 보지 못했던
짐승이었습니다. 그 어떤 것과도 비교할 수 없을
정도로 엄청나게 큰 놈인 데다, 고약한 냄새를 풍
겼습니다.

팀 참을 수 없는 냄새였어요. 제 속이 다 뒤집혔으니
까요.

장로 그 짐승은 죽었나?

놉 아니요. 숨 쉬고 있어요. 여기서도 들려요.

장로 다들 조용! 그럼 들어보자!

침묵.
괴물이 헐떡이는 소리가 들린다.

장로 살아 있네! 함정에 송곳들을 잔뜩 박아놓았는데도
살아 있어! 여인들은 모두 집으로 돌아가고. 남자

들은 나를 따르게!

여자들은 흩어지고, 남자들은 춤추고 노래하면서 무대 안쪽으로
향한다.

남자들   우리는 용감한
        남자들
        어떤 위험에도
        어떤 위협에도
        우리는 여인들과
        아이들과
        집을 지킨다
        아무것도 두렵지 않네
        우리는 승리하리라
        우리는 남자들.

무대 안쪽에서 빛이 나며 태양이 떠오른다. 남자들은 함정을 에
워싼다. 장로를 마주 본다.

남자들   흥하고!
        냄새나고!
        끈적이며!
        역하고!
        끔찍하고!
        역겹다!

장로   창을 들어라!

남자들은 창을 들고, 장로의 외침에 따라 괴물의 몸에 찔러 넣는다. 침묵이 흐른다. 괴물이 다시 숨을 쉰다.

장로   창을 뽑아라!

남자들은 창을 뽑아서 창끝을 검사한다.

남자들   피가 안 나! 피가 안 나! 피가 안 나!

북소리가 난다.
침묵.

장로   활을 들어라! 화살에 독을 묻혀라!

남자들은 장로의 외침에 따라 괴물에게 활을 쏜다. 숨소리가 여전히 들린다.

장로   돌을 들어라!

남자들은 여기저기 뛰어다니며 커다란 돌을 모아 온다. 장로의 외침에 따라 돌을 괴물에게 던진다. 숨소리는 여전히 들린다.

장로   기도하자!

모두　　유일한 세상의 유일한 신이시여
　　　　　영원한 세상의 영원한 신이시여
　　　　　오셔서 저희를 도와주소서
　　　　　저희는 아무런 힘이 없게 되었습니다
　　　　　이렇게 바닥에 엎드려 비나이다
　　　　　당신의 아이들을 다시 일으켜 세워주소서
　　　　　저희의 아픔이 이렇게 크나이다
　　　　　오! 당신이 절실히 필요합니다
　　　　　유일한 세상의 유일한 신이시여
　　　　　영원한 세상의 영원한 신이시여.

장면 2

놉과 릴

놉이 기타를 들고 등장한다. 노래를 부르면서, 아니 부르려고 애를 쓰면서 들어온다.

놉 그림자는
강물 위로
떨어지고
늪 위의 갈대는
적막함에 귀 기울이네
다가오는
바람의 발자국들은
우리에게 말을 건네고
우리를 어루만지는구나.

놉은 시무룩해져서 노래를 멈추고 있다. 소녀 릴이 들어온다.

릴 계속해, 놉. 노래해줘. 정말 아름다운 노래야.

놉   아니야, 릴, 아름답지 않아. 더 노래할 수 없어. 보
라고, 기타 코드도 다 틀리잖아. 내 손가락 좀 봐.
기타를 치려고 하면 손가락에 쥐가 나. 목소리도
다 쉬고, 피곤해 죽겠어. 그림자들 좀 봐. 이렇게
어두운 적이 없잖아. 나 떨려, 릴! 떨려. 무서워. 그
괴물이 우리에게 온 뒤부터 난 두렵고 슬퍼.

릴   어떤 괴물을 말하는 거야, 놉?

놉   어떤 괴물이라니? 그날 밤 함정에서 발견한 흉측
한 짐승 말이야. 우리가 죽이지 못한 그 괴물. 모
두가 역겨워했잖아! 고약한 냄새에 끈적이는 그
놈. 그놈을 본 사람은 모두 병이 들었어. 하지만 사
람들은 그 짐승에 금방 익숙해졌어. 그리고 이어
서…… 심지어 그놈을 사랑하게 되어버렸다고. 이
해할 수 없어. 어떻게 이런 일이 벌어졌는지 이해
가 안 돼.

릴   이해가 안 된다고, 놉? 가서 네 눈으로 직접 봐봐.
네가 말하는 그 괴물은 더 이상 존재하지 않아. 칙
칙하고 우둘투둘한 그 등은 아름다운 꽃들로 덮여
있어. 그 꽃들은 좋은 향기를 내뿜고 있다고.

놉   향기라고? 그 고약한 냄새가? 냄새가 여기까지 나
잖아. 그 토할 것 같은 냄새가 여기저기서 난다고.
집 안에도, 숲에도, 호수에도 그 냄새가 퍼져서 안
빠져. 머리칼에서도, 옷에서도, 음식에서도 그 냄
새가 난다고.

릴   무슨 소리야! 아무리 가까이 가도 그런 냄새는 안

나. 꽃향기 말고는 아무런 냄새도 안 난다고.

놉 냄새가 안 난다고? 거칠게 헉헉대는 저 숨소리는? 저 소리도 안 들려? 저 징그럽고 역겨운 소리에서 아무도 벗어날 수 없어. 기타 연주할 때도, 노래할 때도, 심지어는 잠잘 때도 난 저 소리가 들린다고. 잠도 제대로 못 자. 꿈에서도 들려.

릴 과장하지 마, 놉. 맞아, 소리가 들리지. 한데 그렇게 끔찍한 건 아니야. 그 반대야. 마음을 진정시키고 기분 좋게 만드는 소리잖아. 갑자기 멈추기라도 하면 얼마나 그 소리가 듣고 싶은데. 놉, 넌 항상 너무 예민한 게 탈이야. 그러니 이렇게 외톨이가 됐잖아. 넌 한 번도 그 주위에서 우리와 함께 노래하고 춤추지 않았어. 기타나 들고 혼자 슬픔에 빠져서 바위산이나 방황하고 있고. 네 눈은 칙칙해져서 저 먼 곳만 보고 있잖아. 넌 많이 변했어, 놉.

놉 그래 모든 것이 변했어. 공기도, 사람들도, 모두가. 인생이 전부 다 바뀌었다고. 무서워, 릴. 엄청난 위험이 우리에게 다가오고 있어.

릴 (웃으면서) 위험이라니? 오히려, 내 인생은 점점 아름다워지고 있는데.

놉 그 괴물이 커지고 있어, 릴. 쉼 없이 커지고 있어. 너도 잘 알잖아.

릴 그게 뭐 어쨌다고? 커지고 있지. 하지만 우리가 살 공간은 충분하잖아.

놉 공간은, 그래, 아직은 괜찮아. 하지만 그 괴물이 점점 더 많이 먹을수록 냄새가 점점 독해지고, 숨소리도 더 커지고 있어. 그리고…… 그놈은 아무거나 다 먹어, 사람들도 잡아먹고 있어.

릴 아, 너 정말 답답하구나! 일부러 그런 건 아니잖아. 그건…… 그저 그의 입 앞에 서 있던 부주의한 사람들 때문이지. 그는 그저 입을 닫은 것뿐이야. 그렇게 못된 짓이 아니라고. 게다가 그는 이동조차 못 해.

놉 가끔씩 그 발로 아이들을 깔아뭉개는…….

릴 몸이 무겁고 힘겨워서 그런 거지. 나쁜 뜻이 있어서는 아니야. 엄마들이 좀 더 주의해서 아이들을 보살피면 돼.

놉 정말 이상해. 왜 모두가 그를 보호하지? 릴 너마저도?

릴 그래, 놉, 난 그를 보호해. 그를 사랑하니까. 모두가 그를 사랑해, 너만 빼고. 왜냐하면 너만 그 멋진 꽃향기를 맡지 않거든.

놉 나도 들었어. 그 꽃의 향기를 맡으면, 그놈의 징그러운 등에 핀 꽃들, 그래 그 향기를 맡으면 알 수 없는 기쁨을 느낀다고.

릴 그래, 놉. 두려움은 물론, 모든 걱정거리나 슬픔도 다 사라져. 육체적인 아픔마저도 느낄 수 없어. 노인들은 자신이 늙었다는 것도 잊고, 병자는 자신의 병도 잊게 돼. 모든 병을 고쳐줘. 영혼까지도.

놉 잠시야, 잠시뿐이라고. 괴물이 커지고 있어, 릴, 너

무 빨리 커지고 있어. 우리가 살던 옛날 마을을 그
가 이미 다 차지했어. 다른 곳에 다시 집을 지어야
만 했잖아. 정원도 더 먼 곳에 다시 가꾸고. 몇 달
안에, 이 모든 걸 되풀이하게 될 거야.

릴   언젠가는 그만 자라겠지, 안 그래?

놉   네가 어떻게 알아?

릴   하지만…… 그러지 않을 수 없잖아.

놉   왜?

릴   왜냐하면…… 왜냐하면 말이지……. 우리가 살 공
간이…… 더 이상 없을 테니까.

침묵.

릴   너 때문에 무서워. 놉, 넌 모든 걸 색안경을 끼고
보고 있어. 하지만 다 잘될 거야.

놉   난 그렇게 생각하지 않아, 릴. 안됐지만, 그렇지 않
다고.

릴   눈 좀 붙여. 졸리지 않아?

놉   릴, 네 영혼을 보여줘.

릴   오, 놉! 영혼은 결혼할 남자에게나, 아니면 죽기 전
에 보여주는 거잖아.

놉   사랑하는 남자에게도 보여줄 수 있어.

릴   사랑해, 놉.

릴이 가면을 벗는다. 놉도 가면을 벗는다. 둘은 서로 바라본다.

놉   이제 우리는 결혼한 거나 마찬가지야.

릴   한데 네 영혼은 슬픔으로 가득해. 불쌍한 놉. 내일
         나와 같이 가. 네가 말하는 그 괴물이 너를 고쳐줄
         거야.

놉   치료가 필요한 건 너야, 릴. 너와 다른 모든 사람들.

릴   이제 자자, 밤이 깊었어.

         둘은 부둥켜안고 잠이 든다.

장면 3

꿈

가면을 쓴 남자들이 관을 메고 들어온다. 맨 앞에 걷는 사람이 트럼펫을 연주한다. 행렬은 놉과 릴 주위를 돌다가 이 커플을 마주한다.

놉   누구를 매장하는 건가요?

남자1   아무도.

남자2   이건 매장이 아니라 탄생입니다.

남자들은 관을 내려놓고 뚜껑을 연다.

모두   괴물의 아이들입니다. 오늘 저녁에 해산을 했어요. 자, 멋진 아기들을 보세요.

남자들은 관에서 천으로 된, 징그러운 동물 모양의 작은 괴물들을 꺼낸다. 즐거워하면서 고함치면서 허공에 괴물들을 던진다. 릴이 그중 하나를 잡아서 품에 꼭 안고, 아기처럼 어른다.

릴   예쁜 아가, 내 귀여운 새끼. 내 귀여운 괴물! 어쩜 이렇게 예쁘고 귀여울까! 배고프구나, 내 불쌍한 새끼. 젖 먹고 싶어? 불쌍한 내 새끼.

릴은 괴물에게 젖을 물린다.

놉   릴! 안 돼, 릴! 뭐 하는 거야?

릴   보라고. 귀엽잖아. 젖을 먹고 있네. 많이 먹어라, 내 새끼. 옳지, 내 귀여운 새끼.

남자3   받아!

남자3이 놉에게 괴물을 하나 던지자, 역겨워하면서 놉이 뒤로 물러선다. 천 인형이 바닥에 떨어져 찌그러지자 남자들이 분노한다. 그들은 놉을 공격하고, 놉은 무대 주위를 도망 다닌다.

남자1   바닥에 떨어뜨린 거야?

남자2   싫단 말이지?

남자3   그들이 싫은 거야?

모두   죽여라! 죽여!

남자들은 놉을 붙잡아 끈으로 묶는다. 놉을 관에 눕히고 괴물들을 그 위로 던진다.

남자1   우리 귀여운 아기들에게 좋은 것이 생겼어!

남자2   너희들이 좋아하는 먹이야.

남자3   많이들 먹어라. 신선한 음식이다.

릴   자, 너도 가, 내 새끼. 가서 먹어, 내 귀여운 먹보야.

릴은 자신의 새끼 괴물을 놉에게 던지고, 놉은 고함을 지르면서
저항한다. 모두가 관 주위를 돌면서 춤을 춘다. 놉이 일어나면서
괴물들을 던진다. 놉에게는 새 부리와 날개가 있다. 놉은 이제
묶인 상태가 아니다. 관에서 나와서 기타를 잡는다. 다른 사람들
은 말없이 놉을 바라본다. 놉은 기타를 치면서 멀어진다.

릴   어디로 가는 거야, 놉?

놉   다른 곳으로.

릴   다른 곳은 존재하지 않아.

놉   다른 세상으로 가는 거야.

릴   다른 세상이란 건 존재하지 않는다고.

놉   있어. 나에겐. 나만을 위한 세상이 있어. 그림자들
이 없는 세상, 괴물들이 없는 세상이 있어.

릴   놉! 그쪽으로 가면 안 돼! 떨어진다고! 놉! 거긴 절
벽이야!

놉   안 보여? 난 새라고. 날개가 있잖아.

릴   노오오옵!

컴컴한 어둠. 이어서 희미한 불빛이 비친다. 관과 님자들이 사라
진다. 놉과 릴이 처음처럼 누워 있다. 새벽이다.

릴   놉!

놉	뭐야? 왜 소리를 지르는 거야, 릴?
릴	날 너무 세게 안아서 그랬어. 숨 막혀 죽을 뻔했다고.
놉	꿈을 꿨어, 릴. 꿈을…….
릴	무슨 꿈이야, 놉?
놉	내가 새가 되어 저 높고 먼 곳으로 날아가는 꿈.
릴	나를 두고, 놉?
놉	응, 너 없이. 혼자서.

장면 4

동맹

─────────────────────────────

장로가 등나무 카펫에 앉아 있다. 놉이 등장해서 거리를 두고 멈추어 선다.

놉 드릴 말씀이 있습니다, 장로님.

장로 이리 가까이 와서 이야기하거라.

놉 (다가서면서) 얼마 전에 꿈을 꾸었는데 머릿속에서 지워지지가 않습니다.

장로 어떤 꿈이지?

놉 악몽이었습니다. 괴물들이 있었는데, 등에 꽃이 핀 그 무시무시한 괴물에게서 태어난 작은 괴물들이었어요. 사람들이 저를 관 속에 집어넣고, 저를 잡아먹으라며 그 괴물들을 저에게 던졌어요. 하지만 전 스스로 거기서 탈출했고 커다란 새가 되어 있었어요. 그리고 생겨난 날개로 다른 세상을 향해 날아올랐어요.

장로 다른 세상은 존재하지 않아.

놉	삶 이후의…… 세계는요?
장로	죽음 말인가?
놉	죽음 이후의 세계는요?

침묵.

놉	왜 대답이 없으십니까, 장로님?
장로	내게서 뭘 원하는 건가?
놉	전 떠나고 싶습니다. 제 꿈에서처럼 말입니다. 사후에 우리의 영혼을 기다리는 세계로 가고 싶어요. 장로님께서 저희에게 수없이 말씀하시던 그 세계로 떠나고 싶습니다.
장로	왜? 왜 떠나고 싶은 건가? 왜 죽고 싶다는 거지?
놉	괴물 때문입니다. 전 그놈을 증오합니다. 처음 본 그 순간부터 지금까지도 정말 증오합니다.
장로	하지만 모두가 그를 사랑하잖아.
놉	장로님도요?
장로	아니, 난 아니야. 난 그를 사랑하지 않아. 그놈은 우리를 망하게 할 거야.
놉	그럼 왜 움직이지 않으십니까? 왜 아무것도 하지 않으세요?
장로	뭘 할 수 있겠나? 처음에 모든 방법을 시도해보았잖아? 그리고 지금은 사람들이 모두 그의 편이고. 난 혼자인 데다 늙었어.
놉	아닙니다. 혼자가 아닙니다. 제가 같이 있지 않습

니까?

장로 좀 전에 떠나고 싶다고 하지 않았나…….

놉 여기선 더 이상 살 수 없습니다. 전 죽음 이후에 오는 세계에서 살고 싶어요. 장로님께서 그토록 말씀하시던 그 세계에서요. 그 세계는 존재하는 거잖아요?

침묵.

놉 대답해주세요, 장로님. 알아야만 해요. 전 그 사실을 알 권리가 있습니다.

장로 맞네, 자네는 알 권리가 있어. 그 세계는 존재해. 하지만 그 세계에는 어두운 밤만 있을 뿐이야.

침묵.

놉 그럼, 제 꿈은요……. 제 꿈은 무얼 의미하는 건가요?

장로 자네가 광명의 세계를 다시 찾는다는 의미야. 하지만 죽음 이후가 아니라 바로 이곳 우리 세계에서 찾는다는 거야. 자네가 괴물을 물리친다는 뜻이라고.

놉 제가요? 왜 제가?

장로 말해봐. 자네 그 아름다운 꽃의 향기를 맡은 적이 있어?

놉 한 번도 없습니다.

장로 그거야. 그게 자네의 힘이야. 그 향기를 맡지 않은
건 자네와 나뿐이라고.

놉 앞으로도 절대 그럴 일은 없을 겁니다. 그게 제 마
지막이라는 것을 아니까요. 만일 그 향기를 맡는
다면, 다른 사람들처럼 그놈을 사랑하게 될 테고,
제가 패배하겠지요.

장로 자네가 승리할 거야. 확신하네. 자네가 내 영혼에
희망을 불어넣는군. 난 더 이상 혼자가 아니야. 자
네의 용기와 내 지혜를 합치면 저 괴물보다 훨씬
강해질 거야.

놉 하지만 그놈과 어떻게 싸울 수 있을까요?

장로 일단 조용히 집으로 돌아가. 생각을 좀 해봐야지.
때가 되면 자네를 부르겠네.

놉 부름을 기다리겠습니다. 제게 용기를 주시고 삶을
되찾아주셨어요.

놉은 기타를 치고 노래를 부르면서 간다.

놉 내 눈동자에서
하늘의 빛깔들이 반짝거리고
내 머리카락 사이엔
산들바람의 손가락들이 춤을 추고
내 가슴에는
기쁨과 평화가 다시 태어나네
내 영혼의 고통은

희망에 자리를 내주고
대지는
이 세상의 인간들에게 돌아오리라
순수하고 아름다운 꽃들이
그곳에서 피어나리.

장면 5

결심

놉과 팀을 포함한 남자들에 둘러싸인 채 장로가 카펫에 앉아 있다.

장로 젊은 패기와 용기를 보고 제군들을 선택한 거야. 나는 중대한 결심을 했네. 이 결심을 전하기 전에, 내가 제군들을 무조건 믿어도 될지 알고 싶어.

모두 물론입니다, 장로님.

장로 좋네. 그럼 앉아들 봐. 이야기가 길어질 거야. 괴물이 무서운 속도로 자라고 있는 건 모두 알고 있겠지. 괴물이 우리의 두 번째 마을도 차지해버려서 다른 곳에 또 집을 짓고 정원을 가꾸어야 해. 하지만 이런 짓을 계속할 수는 없어. 괴물이 성장을 멈추지 않는다면 우리는 갈 곳이 없어. 살 곳이 더 이상 없을 거라고.

모두 살 곳이…… 더 이상 없다!

장로 이제 행동을 할 때가 왔어. 괴물이 커지는 것을 막아야만 해.

모두   괴물이 커지는 것을 막자!

장로   그동안 관찰하고 생각한 결과, 해결책 하나를 찾았어.

모두   장로님이 해결책을 찾으셨다!

장로   괴물이 커지는 것을 막는 단 하나의 방법은 그놈이 좋아하는 먹이를 빼앗는 것이야. 인간의 육체 말일세.

모두   인간의 육체!

장로   그래, 맞아. 인간을 삼킨 후에 믿기지 않게도 놈은 그 즉시 커지네. 반대로 놈이 원래 먹던 먹이만 먹을 땐 조금씩 커지는 정도가 아니라 눈에 띄게 작아진다는 것도 알아냈네. 내 결론은 이렇네. 우리가 충분한 기간 동안 인육과 다른 모든 먹이를 놈에게서 빼앗는다면, 그놈의 크기는 점점 줄어들다가 결국은 완전히 사라질 거야.

모두   완전히 사라진다!

장로   그러기 위해서는 사람들의 접근을 막아야 하네. 사람들에겐 달가운 일이 아니지. 모두 괴물에 길들여졌고 그를 필요로 한다는 것도 알아. 그들은 그 꽃에서 나오는 독을 맡고 싶어 하니까.

남자   독이라고요?

장로   그래. 그 독이 영혼을 마비시키고 행복이라는 감정을 불러일으키는 거야.

남자   엄청난 행복이지요!

장로	행복하다는 환상이지. 아주 찰나만 존재하는. 자네들 중에도 분명 그 환상이 없어지는 것을 원치 않는 사람이 있을 거야.
모두	우리에게 환상이 없어진다고? 영원히?
장로	그래, 영원히 말이야. 선택을 해야만 해. 모두가 죽느냐, 아니면 괴물이 사라지느냐.
모두	죽는 건 안 돼! 죽는 건 안 돼!
장로	괴물의 편이 되고 싶은 사람은 떠나도 좋아. 그 괴물 곁으로 다시 가서 아찔해질 때까지 그 꽃의 독을 맡고 벌린 그 입 앞으로 쓰러지라고. 자네들의 몸을 그놈의 양식으로 바치게! 가서 그놈이 점점 더 커지게 하라고!
놉	그럼 그 꽃향기 때문에 사람들이 의식을 잃고 괴물의 주둥이 앞으로 쓰러진다는 겁니까?
장로	물론이지. 움직이지 못하고 이동할 수 없는 놈의 교활한 책략이라고. 그렇게 해서 놈은 자신에게 중요한 양분을 얻는 거야.
놉	다들 들었지? 이제 알겠지? 그놈이 원하는 건 당신들 몸이라고. 그놈이 주는 엄청난 행복감이 당신들을 그 역겨운 아가리로 이끄는 거라고.
장로	이제 선택해야만 해. 떠나가고 싶은 사람은 떠나게.

아무도 움직이지 않는다.

| 장로 | 모두 남았군. 고맙네. 그럼 내 계획을 털어놓을게. |

이 일은 신속히 처리해야만 해. 지금 타이밍이 아주 좋거든. 다른 곳에 집을 새로 지어야 해서 괴물에 대해 다들 감정이 좋지 않아. 겁이 나기 시작한 거야. 우선, 괴물 주위에 돌벽을 지어야 해. 모든 사람이 이 일에 매달려야 해. 사람들에게는 괴물이 더 커지지 못하게 하는 거라고 이야기하게. 모두 찬성할 거야. 두 번째로는 모든 무기를 모아서 절벽 밑으로 던져버리게.

모두 남자들을 무장해제 시키라고요?

장로 그렇지. 힘으로 하든 술수를 쓰든 모두에게서 무기를 뺏어야 해. 하지만 자네들은 무기를 가지고 있어야 해. 필요할 거야. (사이) 무기가 필요할 거야. 왜냐하면 우리가 괴물 주위에 세울 벽으로 접근하면 누구든 죽여야 하니까. 아무 생각 하지 말고 동정심도 갖지 마. 자네들 부모라도, 친구일지라도 예외 없이 해치워야 해.

모두 예외는 없다!

장로 자네들 중에도 마음이 약해져서 그 벽을 넘으려는 이가 분명 생길 거야……. 그때도 주저하지 말고 그를 죽여야 해.

모두 주저하지 않는다!

장로 잔인한 일이야. 나도 알아. 하지만 그러지 않으면 우리 모두 죽게 될 거야. 이해하겠나?

모두 알겠습니다, 장로님.

장로 그럼 모두 세상을 구하기 위해 이 잔인한 일을 할 준비가 되었나?

모두　준비되었습니다.

노래한다.

모두　죽일 거야

　　　죽일 거야

　　　약해지지 않고

　　　동정하지 않고

　　　죽일 거야

　　　이 세상을 구하기 위해

　　　사람들을 죽일 거야

　　　다른 이들이 살도록

　　　괴물이 죽도록

　　　약해지지 않고

　　　동정하지 않고

　　　죽일 거야.

장면 6

괴물의 소멸

장로가 홀로 카펫에 앉아 있다. 무대 안쪽에서 놉이 보초를 서고 있다. 놉은 혼자다. 발소리가 들린다. 한 남자가 다가온다.

놉   멈춰! 더 이상 못 들어가!

남자   불쌍히 여겨줘.

놉   뭘?

남자   나를.

놉   난 너를 몰라. 난 이미 내 부모도 죽였어. 사랑했던 릴도 이 손으로 죽였고. 내 가장 친한 친구인 팀도 죽였어. 어린아이들까지 죽였는데, 왜 내가 너를 불쌍히 여겨야 하지?

남자   알아. 넌 봐주는 것 없지. 같이 보초 서던 네 친구들도 죽였잖아.

놉   그놈들이 약해빠진 거야. 괴물에게 다가가려고 했다고. 내가 죽였어. 모두 다. 괴물이 사라지게 하려고. 그리고 내가 해냈어. 며칠만 지나면 그놈에겐 아무것도 남지 않을 거야.

남자   그게 다 무슨 소용이야? 마을에는 아무도 남아 있지 않아.

놉   그게 무슨 소리지?

남자   내가 마을의 마지막 주민이야. 너와 네 동료들이 모두 다 죽었잖아.

놉   전부?

남자   남은 건 장로님과…… 너…… 그리고 나뿐이라고. 이제 더 살고 싶지도 않아. 이렇게 행복도 없이 고독하게 혼자 사는 게 무슨 소용이냐고.

놉   행복이라고?

남자   넌 그 행복을 느껴본 적이 없지. 저 꽃의 향기에서 나오는 행복…….

놉   그래, 느껴본 적 없어.

남자   그래서 너는 동정심이 없는 거라고. 그저 미움밖에 모르지. 증오로 가득 차 있다고.

놉   증오가 없었다면 지금 내가 이룬 것들을 할 수 없었을 거야. 그놈을 증오해야만 했다고. 그놈을 무찌르려면 말이야.

남자   너 자신이 또 다른 괴물이 되었잖아. 몇 달째 사람 죽이는 일만 했으니. 네가 네 종족을 전멸시킨 거야.

놉   난 이 세상을 구했어.

남자   자신만을 위해 세상을 구한 거지. 네 것이야, 세상은! 이제 뭘 할 거야?

놉   넌 아직 살아 있잖아. 어서 여길 떠나. 그러지 않으면 죽이겠어.

남자 살려달라고 비는 게 아니야. 여기에 죽으러 온 거야. 사랑하는 사람들을 다 잃었어. 죽어서 그들 곁으로 갈 거야. 그저 괴물 옆에서 죽게만 해줘. 한 번만 더 저 꽃향기를 맡게 해달라고. 마지막으로 행복을 느끼게 해줘.

놉 괴물이 널 잡아먹으면 다시 커질 거야. 그럼 그놈이 사라지기까지 다시 몇 주 아니 몇 달을 기다려야 한다고. 괴물이 사라질 시간이 이제 눈앞에 와 있다고!

남자 이제 뭘 할 수 있는데? 몇 주 아니 몇 달 더 흐른다고 해도 변할 게 없잖아? 누구를 위해? 무엇을 위해서?

놉 나를 위해서. 난 내 의무를 다해야만 해. 괴물이 사라져야 한다고. 더 이상 견딜 수 없어. 많은 사람을 죽였고, 너무 오래 기다렸어. 멈춰! 다가오지 마! 벽 가까이 오지 마! 쏘겠어!

놉은 활을 들어서 쏜다. 남자가 비명과 함께 쓰러진다. 놉은 활을 내던지고 벽 위로 올라가서 내려다본다. 벽에서 뛰어내려 장로에게 달려간다.

놉 이겼어요! 제가 이겼어요! 괴물이 사라졌습니다!
장로 이리 가까이 와, 놉. 난 이제 곧 죽을 거야.
놉 이제 끝났습니다, 장로님.

장로 그래, 이제 끝났지. 자네의 꿈은 이루어졌어. 자네는 괴물이 없는 세상에서 살게 될 거야. 혼자서 말이지. 그리고 자네도 죽겠지. 혼자서 외로이 죽어가겠지. 놉, 내 말 듣고 있나? (사이) 괴물이 이긴 거야, 놉. 그가 우리를 죽인 거야. 그가…… 삶을…… 죽인 거야. 내가 실수한 것 같아. 그냥 사람들을, 그 꽃의 환상이 만들어낸 행복 속에서 죽어가게 했으면 어땠을까? 그럼 아마도. 글쎄, 모르겠어. 너무 늦었어. 내가 실수한 거야, 그래, 하지만 너무 늦었어.

장로는 가면을 벗어서 옆에 놓고, 누워서 움직이지 않는다.

놉 내가 괴물을 물리쳤어! 내가 이겼다고! 승리한 건 나야!

놉은 주위를 둘러보다 바닥에 있는 팀의 북을 발견하고 집어 든다. 북을 치면서 무대 주위를 걷는다.

놉 와, 모두 다 이리 와서 보라고! 내가 이겼어. 괴물을 물리쳤다고! 이제 평화롭게 기쁨을 누리면서 살게 될 거야. 모두 다 오라고! 성대한 파티를 열겠어. 친구들아, 젊은이들, 그리고 어르신들 모두 오세요! 노래하고, 춤도 출 거예요. 릴, 어디 있어? 와서 춤추자, 릴! 팀! 어디 있는 거야? 이리 와서 같이 노래하자고! 모두 다 오세요! 오시라고요!

놉은 북을 떨어트리고, 멈춰 서서 길을 잃은 듯이 주위를 둘러본다. 장로에게 다가간다.

놉   모두 다 어디에 있는 거예요? 어디로 떠난 거지요? (머리를 가로젓는다.) 이해할 수 없어요. 릴, 팀, 그리고 다른 사람들, 다 어디에 있는 겁니까? 이해할 수 없어요. (사이) 내 기타가 여기 있었네. (바닥에 있는 기타를 집어 든다. 기타에는 줄이 한 개도 없다. 그는 기타를 오랫동안 바라본다.) 내 기타.

놉은 장로를 밀쳐내고 등나무 카펫에 앉는다. 장로처럼 위엄을 갖춘다. 그러고는 자신의 가면을 벗고 장로의 가면을 쓴다.

놉   (노인의 목소리로)
이 이야기는 여기서 아니면 머나먼
다른 곳에서
언젠가
오늘, 어제, 아니면 내일
벌어진 일이야.

막

속죄

등장인물

맹인

농인

노파

아내(맹인의 아내)

의사

장교

아이

엄마(아이의 엄마)

다른 맹인

목소리

목소리1

목소리2

시퀀스 1

맹인과 그의 아내가 사는 아파트. 누군가 문을 두드린다.

아내   누구세요?

맹인   나야.

아내   (문을 열면서) 벌써? 어디 죽치고 있을 데가 그렇게 없었어? 잠깐! 외투 줘! 모자도! 당신 신발에 눈 좀 털어. 집 안을 다 더럽히겠어.

맹인은 발을 툭툭 턴다. 아내는 맹인의 외투와 모자를 턴 다음 문을 닫는다.

아내   왜 이렇게 일찍 돌아온 거야?

맹인은 동전을 테이블 위에 쏟는다.

아내   이게 다야? 적어도 자정까지는 있었어야지. 아직 그렇게 추운 것도 아니잖아.

맹인   (앉으면서) 그래, 그렇게 춥진 않지.

아내	그럼? (동전을 깡통에 던져 넣고 흔든다.) 이 통에 당신이 월요일부터 가져온 돈이 모두 들어 있어. 얼만 줄 알아? 아냐고? 거의 빵 원이야. 빵 원, 알겠어? 계속 이런 식이면 안 돼! 게다가 오늘은 평소보다 훨씬 더 일찍 들어오다니. 금요일 저녁은 장사가 잘되는 날이라고. 사람들이 주급을 받아서 영화관이든 술집이든 어디든 돈 쓰러 가는 날이야. 그런데 바로 이런 날 집에 들어오다니. 눈 좀 온다는 핑계로, 아님 손이 시리다는 핑계 따위로.
맹인	그런 게 아니야. 너무 소란스러웠어. 고함 소리가 너무 컸다고.
아내	금요일 저녁이잖아.
맹인	아니. 그래서가 아냐. 다른 거야. 사람들이 누군가를 때리는 소리가 났어. 어떤 늙은이의 비명 소리가 들렸다고. 그 사람 뼈가 으스러지는 소리, 옷이 찢기는 소리, 안경이 깨지는 소리가 들렸어. 쓰러지는 소리가 들렸는데, 그 뒤로 아무 소리도…….
아내	싸움이네. 단순한 싸움이잖아.
맹인	아니야. 사람들이 늙은이를 두들겨 팼어. 여러 명이 힘없는 늙은이를 두들겨 팼다고. 난 거기 앉아서, 그 모습을 듣고 보고 있을 수 없었어.
아내	본다고? 당신 지금 본나고 밀했어?
맹인	맞아, 난 봤어……. 그의 코에서, 입에서, 귀에서 가늘고 긴 붉은 피가 나오는 바람에 흰머리 주위와 이마 아래 칙칙한 자국이 생겼어.

아내 또! 또 발작이 시작됐네!

맹인 거대한 피 웅덩이가 생기고 오늘 저녁에 내린 흰 눈이 더러워졌어. 사람들 얼굴에는 속살이 드러난 끔찍한 상처가 생기고.

아내 닥쳐! 됐어! 여기 당신 진정제야! 받아! 삼키라고! 어서! 자, 또 하나 더! 어서 가서 누워 자, 불쌍한 인간.

시퀀스 2

봄날의 공원. 해가 뜨는 새벽.

새들이 노래한다. 맹인이 벤치에 앉아서 아주 부드럽게 하모니카를 연주한다. 농인이 다가온다. 자갈이 깔린 길을 뚜벅뚜벅 걷는 발소리가 들린다. 농인은 맹인 앞에 멈추더니 바닥에 놓인 모자에 동전 한 줌을 던진다.

맹인   고맙습니다.

농인   고마워할 것 없어. 아무 가치도 없는 외국 동전들이야. 개 같은 관광객들이 어젯밤에 나에게 던져준 거야.

맹인   그래도 고맙습니다.

맹인이 다시 연주하기 시작한다.

농인   괜히 힘들게 연주하지 말라고. 이미 늦었어. 모누다 잠자러 들어가서 아무도 없다고. 그리고 난 당신 음악을 들을 수가 없어. 귀머거리야. (맹인은 연주를 멈춘다. 침묵.) 저기, 저 뭔가 얘기 좀 해봐, 아무거라도. 왜 아무 말도 안 해?

맹인 선생이 귀머거리라면서…… 이야기해봐야 무슨 소용인가요?

농인 입술을 읽거든. 만일 내 쪽으로 머리를 돌려서 천천히만 이야기한다면, 난 당신이 말하는 걸 다 알아들을 수 있어. 시험 삼아 해봐. 아무거나 말해보라고.

맹인 목소리 참 좋으십니다, 선생님.

농인 정말? 목소리가 좋다고? 내 목소리…… 들어본 지 20년도 넘었네……. 사탕발림 같은 이야기를 하다니, 친구.

맹인 정말입니다, 선생님…….

농인 '선생님'이라고 부르지 마. 난 그저…… 당신처럼 일개 예술가일 뿐이야.

맹인 예술가?

농인 맞아, 예술가. 음악가는 아니지만. 난 입으로 불을 뿜어. 사람들이 많이 모이는 곳이나, 관광객이 많은 작은 거리나, 술집이나 카페 앞에서 불을 뿜는다고. 멋지지. 특히나 밤이면 더더욱. 그래서 난 밤에 일하는 거야.

맹인 진짜로 멋있겠는데.

농인 끝내주지! 불꽃이 내 입에서 나온다고, 이렇게. 우우! 내 별명이 '용가리'야. 이름으로 꽤 근사하지, 그렇지? '용가리'.

맹인 그래, 정말 근사하네.

농인	날 볼 수 있다면 정말 좋을 텐데! 쉰여섯 살이지만 아직 황소처럼 튼튼하다고. 내 얼굴은 상처로 얼기설기, 눈썹은 그슬린 데다, 머리카락은 불그스레하다고. 이 몸은 정말 대단하시지! 진짜 용가리라고.
맹인	상상은 돼.
농인	하지만 난 주정뱅이기도 해. 사람들이 권하는 건 다 마셔. 알코올에 젖어드는 거지. 언젠가 큰일 나겠지. 불꽃이 내 입에서 나오지 않고, 거꾸로 목을 타고 위까지 내려가면 폭발할 거야, 꼭 폭탄처럼. 부우움! 살아 있는 폭탄. 살과 피로 이루어진 폭탄!

시퀀스 3

병원.

의사 앉으세요. (침묵) 오, 죄송합니다. 앞이 안 보이시는군요. 몰랐습니다. 선생 부인께서 그런 말씀은 안 해주셔서요. 선생을 못 봤어요. 죄송합니다. 여기 의자가 있습니다.

맹인 (앉으면서) 미안해하지 마세요, 의사 선생님. 진료실에 들어오는 모든 사람을 선생님이 지켜보아야 할 의무는 없으니까요.

의사 선생을 3개월 동안이나 찾았어요. 어디 가야 선생을 만날 수 있는지 알 수가 없었습니다. 숙소를 이미 떠나셨었고, 또…….

맹인 지금은 여기 있지 않습니까. 저에게 하실 말씀이 뭔가요?

의사 부인께서 죽어가고 계십니다. 알고 계셨나요?

맹인 몰랐습니다. 하지만 그녀가 죽었으면 좋겠다고 생각했지요.

의사 뭐라고요? 제가 잘못 들은 것 같은데. 죽었으면 좋겠다고요? 그렇게 말씀하신 건 아니지요?

맹인 맞아요, 그렇게 말했어요.

의사 어떻게 그런…… 어떻게 그런 식으로…… 말씀하십니까?

맹인 그런 식으로 말하는 것쯤은 아무것도 아닙니다. 더 심한 건 그걸 실제로 바란다는 거지요.

의사 그 정도로 부인을 증오하시나요?

맹인 그건 중요하지 않습니다. 제 아내가 고통받고 있나요?

의사 고통을 완화시키려고 할 수 있는 모든 수단을 동원하고 있습니다.

맹인 그게 선생님 직업이지요.

의사 선생 부인의 직업이기도 했지요. 부인께서는 간호사였으니. (침묵) 부인을 보시겠습니까?

맹인 본다고요?

의사 제 말은…… 만나시겠냐는 겁니다. 마지막으로…… 부인께 하실 말씀이라도. 부인께서 선생님이 곁에 있어주길 원하십니다. (침묵) 선생님 걱정을 많이 하고 계십니다. (침묵) 매우 외로워하시고요.

맹인 (일어서며) 저도 마찬가지입니다. 이제 가봐도 되겠지요?

의사 (역시 일어서며) 선생님을 억지로 잡을 수는 없게 지요. 부인께 뭐라고 전해드릴까요?

맹인 아무 말도 마세요.

의사 무슨 일이 생기면 어디로 연락을 드릴…….

맹인	어디로도 연락하지 마세요. 전 다만 그 사람이 완쾌될 수 없다는 것을 확인하러 들른 겁니다.
의사	일말의 동정심이나 인간미도 남아 있지 않은 건가요?
맹인	(문을 열면서) 그런 질문은 내 아내에게 하시고요. 그럼 안녕히 계세요, 의사 선생.
의사	말씀해주세요……. 도대체 누가 선생을 그렇게 만든 겁니까?
맹인	나를? 이렇게 만들어, 나를? (크게 웃는다.)

시퀀스 4

맹인이 지하철 통로에서 연주를 한다. 지하철이 도착하고, 수많은 발소리가 통로를 채운다. 난장판처럼 소란스럽다. 맹인의 모자에 동전 몇 개가 떨어진다.

아이   엄마, 저 장님 주게 동전 하나만 주세요.

엄마   장님? 뭘 모르는구나! 일하기 싫어하는 게으름뱅이일 뿐이야! 그리고 저런 짓 하면 불법이야!

발소리가 멀어져간다.

아이   누가 아저씨 모자에서 동전을 훔쳐 갈까 봐 걱정 안 되세요?

맹인   아니.

아이   하지만 방금 제가 동전 한 개 훔쳤는데요. 가장 큰 걸로요.

맹인   안다. 다 들었어. 괜찮아. 가져. 너 줄게.

아이   아저씨 돈을 갖고 싶어서 그런 게 아니에요. 여기요. (동전을 다시 모자에 던진다.) 아저씨가 정말 장님인지 알아보려고 그랬어요. 이다음에 어른이 되면, 나도 아저씨 같은 장님이 될 거예요. 영원히 장님이 되는 건 아니고요. 하모니카를 불 거예요. 아니면, 강도가 더 낫겠어요. 지하철이나 통로에서 사람들을 습격하고, 은행도 역시…….

엄마 (멀리서 소리친다.) 오는 거야? 뭐 해?

아이는 뛰면서 떠나고, 맹인은 다시 연주를 시작한다. 한 남자의 발소리가 그 앞에서 멈춘다.

농인 잘 있었나, 하모니카 부는 장님 친구.

맹인 잘 지냈어, 용가리 친구.

농인 어디 있었던 거야? 올여름 초부터 자네를 찾아 헤맸어.

맹인 아니 왜?

농인 내 침대를 같이 쓰려고.

맹인 무슨 소리인지 모르겠네.

농인 설명해줄게. 난 지금 어떤 노파의 집에서 침대가 하나 있는 방에 살고 있거든. 단칸방, 정확하게 말하면, 창문도 없는 골방이야. 하지만 그게 문제 되진 않아. 난 밤에 일하고, 낮에 자. 빛이 오히려 방해되지. 내 생각에 자네는 장님이니까 창문이 필요 없지.

맹인 전혀 필요 없지.

농인 그렇지. 하지만 침대는 필요하잖아. 자네한테는 밤에, 나에게는 낮에.

맹인   같은 침대?

농인   그렇지, 나눠서 내는 거야. 노파가 엄청난 구두쇠
거든. 킬로는 한 방에 빈 침대가 밤새 놓여 있는 꼴
을 못 봐. 피노가 죽은 이후로 나보고 다른 사람을
좀 찾아보라고 닦달이야. 피노는 다리가 한쪽밖에
없었어. 좋은 친구였는데. 내가 너무 많이 마신 날
은 내 이마에 물수건을 올려놓아주기도 하고. 토
한 것도 다 치워주고. 세상에 둘도 없을 저글러였
지. (침묵) 물론, 자네가 다른 곳이……

맹인   다른 곳은 없어.

농인   공원이나, 다리 밑, 지하철 통로 같은 데서 자는구
나.

맹인   맞네.

농인   언젠간 짭새가 자네를 부랑자로 체포할 거야.

맹인   벌써 왔었어.

농인   겨울이 다가오고 있어. 방에 난방시설은 없지만,
눈과 바람 정도는 피할 수 있어. 침대에는 두꺼운
이불이 두 채 있고. 따뜻한 걸 먹을 수 있어. 노파
의 부엌에 항상 불이 피워져 있으니까. (침묵) 뭐라
고 했어?

맹인   아무 말도 안 했어.

농인   나하고 같은 침대를 쓰는 게 더럽다 이건가? 그거
야, 응? 내가 더럽다 이거지. 선생님께서 내가 더
럽다고 느끼신다. 우리 고상하신 선생님에게 나

같은 놈은 너무 더럽고 역겨운 놈이다 이거지. 선생께서 허락하신다면 나도 한 말씀 드리겠습니다. 선생도 역시 나만큼 더럽고 역겨운 분입니다. 끝! 또 봅시다. 아니, 완전히 안녕!

맹인 아니야, 그런 게 아니라고. 가지 마, 용가리! 이리 와! 자네 말이 맞아. 난 더한 놈이야. 자네보다 훨씬 더 더럽고 역겨운 놈이야.

농인 아니야, 자네가 더 깨끗하네. 내가 지저분한 놈이라는 건 나도 알아. 전에는 깔끔하고, 지적이고, 말도 잘하고, 글도 잘 썼었어. 난 기자였거든. 그 빌어먹을 나라에서 빌어먹을 폭탄이 터진 거야. 그 폭발로 난 귀머거리가 되었고, 지금은 바보 멍청이에 구제할 수 없는 알코올중독자 신세가 된 거지.

맹인 어떤 나라였는데?

농인 기억을 잃어버렸어. 생각이 안 나. 그리고 이젠 그런 건 신경도 안 써. 여기서 먼 곳이었고, 또 오래전에 일어난 일이지. 완벽히 잊었어! 그거 아나? 난 지금 귀머거리라서 만족해. 나쁜 소음은 안 들어도 되잖아. 하지만 불행한 건 가끔씩 머릿속에서 듣는다는 거지. 고함 소리, 울음소리, 폭발 소리…… 이런 게 들린다고.

맹인 난, 가끔씩, 본다고.

시퀀스 5

노파의 부엌.

노파 (아이러니한 톤으로) 야, 이건 진짜 제대론데. 하모
니카를 부는 장님이라니.

농인 정말 잘 불어요. 다른 놈들보다 훨씬. 게다가 노래
도 한다니까. 목소리도 진짜 아름답다고.

노파 목소리를 들어본 거야?

농인 물론 아니지. 하지만 목소리를 듣는 사람들 표정
을 봤거든요. 얼굴에 감동이 가득한.

노파 감동! 이것 보셔! 연주를 잘하고 못하고 이런 건
하나도 중요하지 않아. 난 내 집에 가짜 동전 같은
위선자가 있는 건 싫어. 선생, 안경 좀 벗어보셔.
진짜 장님은 한눈에 알 수 있지.

맹인 자, 보세요!

농인 이런 젠장!

노파 어쩌다…… 어쩌다 눈이 그렇게 된 거지?

맹인 햇빛에 덴 거요……. 고문이었어요…….

농인 놈들이 눈꺼풀을 잘라냈어.

노파	어쨌든, 보기엔 별로군. 안경을 다시 쓰시구려!
맹인	네, 부인.
노파	용가리, 자넨 가서 잠을 자게, 그래야 술기운이 사라지지. 선생은 내가 알아서 돌볼 테니.
농인	그럼 부탁해요. 이따 보자고, 불쌍한 내 친구.

농인이 퇴장한다.

노파	선생, 재킷을 벗어주게나.
맹인	왜요?
노파	여기선 시키는 대로 말 들어, 질문 같은 건 안 통해. 모두 다 내가 시키는 대로 하는 거야. 여섯 명이나 이 집에 살고 있다고. 모두가 일일이 대들면 뭐가 되겠나? 자, 재킷 내놔!
맹인	여기요, 부인.
노파	상태가 꽤 좋은데. 내다 팔 수 있겠어. 날씨가 추워지면 선생한테는 덜 고급스러운 옷을 하나 주겠어. 구걸하는데 잘 차려입으면 안 되지. 옷차림으로도 동정심을 느끼게 해야 해.
맹인	난 굳이 동정심을 자아낼 필요가 없는데요.
노파	알아, 안다고. 예술가들! 난 예술가와 거지가 뭐가 다른지 모르겠어. 이 집에서 일하고 있는 인간은 나 혼자야. 지금까진 누가 선생을 돌봐줬지?
맹인	아내요. 올봄에 죽었어요.
노파	하나님이 잘 보살펴주실 게야! 죽으면 걱정할 게

없으니. 게다가 우리 같은 사람들은……. 여기선 괜찮을 거야. 방도 생기고, 침대도 생기니까. 저녁에는 내가 빵이랑 든든한 저녁 식사를 줄 거고, 난 경찰에 줄도 있으니. 여기선 아무런 걱정거리가 없어. 내가 보살피면, 엄마 배 속의 태아처럼 편안해지거든. 이리 오셔!

맹인 어디로 가는 게요?

노파 거리로. 음악 연주를 할 수 있는 좋은 장소를 알거든. 저녁에 선생을 찾으러 내 다시 오리다. 사람들이 먹을 걸 주면, 그건 선생이 드시고. 돈을 주면, 그건 날 주면 되오. 돈은 전부 다! 속이려고 들지 말고! 다 뒤질 거니까. 만일 벌이가 좋으면, 몇 푼은 내 떼어 주지. 술은 하시나?

맹인 못 합니다, 부인.

노파 담배는?

맹인 안 피웁니다, 부인.

노파 그럼 돈은 전혀 필요 없겠구먼.

시퀀스 6

노파 집 앞. 차 소리가 들린다.

농인 그래, 첫날이 어땠나? 노파가 자네를 마음에 들어
하던가?

맹인 모르겠네. 아무 말도 안 했어.

농인 그럼 자네가 마음에 들었다는 말이야. 잘 맞을 거야.

맹인 이상한 소리가 들리는데. 쇠수저로 냄비를 두드리
는 소리 같아.

농인 식사 시간이야. 자, 가서 먹자고.

맹인 난 빵 한 조각과 물 한 잔이면 충분해. 저녁을 풀코
스로 먹고 싶진 않아.

농인 전부 다 참석해야 돼. 거대한 냄비에 수프가 있지.
노파가 시장에서 주워 온 썩은 채소와 노파의 고
양이들을 위해 사 온 고기 조각들로 만든 수프야.

맹인 고양이를 키우나?

농인 우리가 그 고양이들이야.

맹인 이봐, 용가리, 같이 사는 사람들은 어떤 사람들이야?

농인 모두 우리 같은 사람들이지. 난쟁이, 외팔이, 바보,

앉은뱅이 그리고 다른 장님. 소개해줄게. 이리 와.

맹인　　장님은 어쩌다 그리된 거야?

농인　　태어날 때부터 장님이었다지. 따라와.

맹인과 농인이 부엌으로 들어간다. 식기 소리며, 사람 목소리가 들린다.

농인　　안녕들 하신가, 예술가님들! 새 친구를 소개하지. 장님이야.

목소리　　하모니카를 부나?

농인　　물론이지. 여기, 내 옆에 앉아. 여기가 피노 자리였어.

목소리1　　고기가 이제 한 조각도 없어? 몇 점 더 먹고 싶은데.

노파　　먹고 싶은 건 다들 마찬가지야.

목소리2　　여기, 내 거 처먹어. 난 역겨워서 못 먹겠어. 냄새가 너무 심해.

노파　　네놈이 이가 없으니 냄새가 난다고 투덜대고, 고깃덩어리를 씹을 수가 없으니 역겹다고 지랄을 하는 거지. 사실은 먹고 싶어 죽겠다는 거잖아.

목소리1　　나도 먹고 싶어 죽겠어. 고기 한 번 제대로 먹어본 적이 없으니. 국물하고 배추 건더기만 있어.

노파　　그럼 빵을 국물에 적셔서 먹어. 선생은 수프를 안 드시우? 수프가 마음에 안 드시나?

맹인　　아니, 마음에 들어요. 하지만 난 마른 빵만 먹는 습관이 있어서 그래요.

노파　　그럼 내가 선생의 그 습관을 고쳐야 되겠구려. 난 하숙생들이 편안하고 배불리 먹도록 해야만 하거든. 잘 먹여야 해. 비타민, 단백질, 모두 다 골고루. 그렇지 않으면 병이 들어 나자빠지거든. 그럼 누가 약값이며, 병원비며, 장례비를 내냐고? 내가 낸다고? 무슨 돈으로?

다른 맹인　이봐요 선생, 선생도 나처럼 날 때부터 장님이었나요?

맹인　아니요. 몇 년 안 됐어요. 목소리를 들어보니 젊은 분이시구려.

다른 맹인　젊었던 적이 없어요. 전 스물여덟 살입니다. 인생이 길어요, 너무 깁니다. 끝날 것 같지도 않고요. 그래도 색깔이라는 것이 어떤 것인지만이라도 알고 싶어요. 색깔을 보신 적이 있으시겠죠. 저에게 설명 좀 해주세요. 부탁드려요.

목소리1　저놈 또 시작이군!

목소리2　그놈의 색깔 때문에 저놈은 미쳐버릴 거야.

맹인　미안합니다. 날 때부터 안 보이는 사람에게는 색깔을 설명할 수도 상상하게 할 수도 없습니다. 하지만 실망하지 마세요. 선생이 알고 계신 것이, 색깔이 없는 상태인 흑색입니다. 흑색의 반대는 백색이고요. 백색은 다른 모든 색을 포함하고 있어요. 그 백색 때문에 사람들이 다치고 불에 타고 고통으로 비명을 지릅니다.

시퀀스 7

매우 이른 아침.

농인이 술에 취해서 방에 들어온다. 가구가 쓰러지는 소리가 요란하다.

맹인   뭐야? 벌써 6시야?

농인   내가 좀 시끄럽게 한 모양이야. 손전등이 어디 있지? 찾았다. 안경 좀 써, 맙소사. 자네는 자체가 악몽이야! 깨워서 미안해. 좀 취했어. 일어나지 마. 누워 있어. 이제 겨우 3시나 4시야. 난 기다리면서 조용히 남은 술이나 다 비울게.

맹인   (일어나면서) 이제 졸리지 않아.

농인   자네는 6시까지 잘 권리가 있어. 침대에 있을 권리가 있다고. 다시 누워.

맹인   더 말하지 마. 어서 누워. 자네 꼭 시체 같아.

농인   뭐라고 했나?

맹인   자네 손이 꽁꽁 얼었어. 누워. 신발 벗겨줄 테니.

농인   (침대에 쓰러지면서) 춥다, 추워! 밖은 꽁꽁 얼었어. 들어오면서 네다섯 번이나 넘어졌어, 진짜 미끄럽더라고. 미리 침대를 데워놓으니 정말 좋군! 고마워. 자넨 정말 좋은 친구야. 그래. 오래전부터 자네에게 말하고 싶었는데…….

맹인   뭔데?

농인   나에 관한 진실. 자네에게 거짓말했었어. 하지만 이 제 진실을 말할게. 이건 자네만 알고 있어야 하네.

맹인   아니, 아냐, 제발! 내일 이야기하자. 지금은 자라고.

농인   안 돼. 당장 해야 해. 내일이면 용기가 없어질 거 야. 하지만 먼저 내 전등을 좀 끄고. 이제 자네가 안 보이네. 자네는 날 막지 못할 거야. 자, 들어봐. 전에 폭탄과 폭발에 관해 이야기했던 건 거짓말이 야. 빌어먹을 나라의 빌어먹을 폭탄들 말이야, 그 거 내가 한 짓이야. 난 기자가 아니었어. 난 소위 말하는 무정부주의자였고, 테러리스트였지. 마지 막 폭탄…… 내가 터트렸던 그 자살 폭탄이 나를 죽이지 못했던 거야. 재수 없었지. 온몸과 얼굴에 상처투성이였지만 죽지는 않았던 거야. 다른 사람 들은 죽었지. 그 사람들이 쓰러지는 걸 봤어. 피가 흐르고, 얼굴이 일그러지고, 몸이 산산조각 나는 것을 봤어. 죽지 않은 사람들은 입을 있는 힘껏 벌 렸어. 그들이 고함을 지르는데, 난 아무것도 못 들 었어. 고막이 터진 거야. 악몽과도 같았어. (침묵) 사람들은 나를 피해자라고 생각해서 나를 치료했 어. 상처는 나을지 몰라도, 내 영혼은 절대로 치유 되지 못할 거야. 난 귀머거리지만, 머릿속에는 폭발음과 고함 소리, 숨넘어가는 소리, 울음소리로 꽉 차 있어. 잊는다는 건 불가능해. 난 인간 말종, 고문관, 살인자, 쓰레기야. 앞으로도 그럴 거고. (침묵, 그리고 흐느낀다.) 아이들도 있었어. 생각해 봐, 아이들…….

맹인 자네가 인간쓰레기라면, 난 뭔가? 살인보다 더 끔찍한 게 고문이야. 고문이란 건 괴물 중에서도 가장 저질이라고. 난 고문 기술자였어. 수년 동안 상관의 명령에 따라, 내 마누라의 도움을 받아서 아무 힘 없는 사람들을 고문했었지. 그 사람이 죄가 있건 없건, 그런 건 중요하지 않았어. 우린 그 사람들을 경멸했을 뿐이야. 우리는 임무를 수행하면서 커다란 만족을 느꼈어. 심지어 즐기기까지 했었지. 하루는 연구 목적으로 고문 장면을 녹화했었는데, 바로 그날까지 그런 비정상적인 생활은 지속되었다네. 내가 주연배우인 그 잔인한 장면이 스크린에 돌아가는 것을 보면서, 처음으로 내가 누구며, 어떤 놈인지 보았어. 천박하고 인간 이하인 내가 나오는 그 장면을 참고 볼 수가 없어서, 난 영상이 끝나기 전에 도망쳤어. 물론 사람들은 나를 찾아다녔고 며칠 후에 나를 찾아냈어. 몇 주가 지난 후, 한 장교 사무실에 앉은 새, 내 마누라가 도착하고 내 상관이 판결을 내리는 것을 무관심하게 기다렸었지.

시퀀스 8

장교의 사무실.

장교   여기 부인 남편분이 있습니다.

아내   어디 있어요? 저 사람은 제 남편이 아니잖아요?

장교   틀림없습니다.

아내   말도 안 돼! 그이에게 무슨 일이 일어났나요? 그가 왜 검은 안경을 끼고 있지요? 왜 이런 지경에 이르렀지요? 그이에게 무슨 짓을 하신 거예요?

장교   우리가요? 어떻게 그런 생각을 하실 수가! ……진정하세요, 부인. 닷새나 수색한 끝에 남편분을 찾아냈어요.

아내   왜 저에게 미리 알리지 않았지요?

장교   먼저 치료부터 해야만 했어요. 그리고 심문하고, 다음에 부인께 알리기로 결정한 겁니다.

아내   무슨 일이 벌어진 거죠? 왜 그이는 도망갔어요? 어디에 있었나요? 무슨 짓을 했나요?

장교   바닷가에서 모래 위에 반쯤 의식을 잃은 상태로 누워 있는 남편분을 발견했어요. 닷새 동안 아무

아내	것도 먹지도 마시지도 않은 데다, 눈꺼풀들이 다 잘린 채, 눈동자가 태양에 완전히 다 타버렸어요. 오, 안 돼! 누가 그런 짓을 했나요?

것도 먹지도 마시지도 않은 데다, 눈꺼풀들이 다 잘린 채, 눈동자가 태양에 완전히 다 타버렸어요.

아내 오, 안 돼! 누가 그런 짓을 했나요?

장교 본인 스스로 잘라낸 겁니다.

맹인 난 이미 많은 사람들 눈꺼풀도 잘라냈잖아……. 완전한 밤이 올 때까지 태양을 뚫어지게 보았지. 완전한 밤이 될 때까지 말이야. 이곳저곳에서. 계속.

아내 왜? 왜 그런 짓을 한 거야?

맹인 우리의 죄를 속죄하기 위해서. 죽는 건 너무 쉽고, 또 빠르거든.

아내 무슨 소리야? 죄라니?

맹인 그 이후로 난 거울을 보고 싶지도, 볼 수도 없었어. 내 손도 더 이상 볼 수 없었고, 당신도 볼 수가 없었어.

아내 나도? 무슨 말이야. 내가 뭘 했는데?

맹인 당신은 온통 피로 덮여 있어.

아내 이 사람 미친 거예요?

장교 사실, 그는 영혼이 망가졌습니다. 모든 이의 이익을 위해서 당신들이 이 나라를 영원히 떠나는 것이 바람직하다고 생각합니다. 여행 준비는 이미 다 끝났습니다.

아내 어디로 가나요?

장교 공항에 가시면 알게 될 겁니다. 몇 시간 후에 모셔다드리지요. 도착하시면, 믿을 만한 사람들이 기다리고 있을 겁니다. 간호사 경력 때문에 부인께선 일을 쉽게 구하실 겁니다. 하지만 남편분은, 보시는 바와 같이. 시력은 치료 불가능하게 손상되었지만, 나머지는…… 아마도 시간이 지나면 해결될 겁니다.

시퀀스 9

맹인 시간이 지나도 해결되지 않았지. 부끄러운 내 과거와 견딜 수 없는 장면이 나를 쫓아다녔어. 반대로 내 마누라는 한 점의 뉘우침도 없었지.

아내 (무대 밖에서) 이제 지겹다! 당신 스스로 고문하고, 나를 고문하는 것도 이제 그만해! 우리 책임이 아니야……. 우리는 명령에 따랐을 뿐이야……. 우린 재판에 필요한 일을 했던 거야……. 다른 사람들도 그런 일을 하지……. 우리가 아니면 다른 누군가가 했을 거야……. 그리고 우리만 그 일을 한 것도 아니고…… 다른 나라에서도 고문을 하잖아……. 세계 곳곳에서 고문을 한다고…….

맹인 세상 곳곳에서 고문 기술자들이 스스로를 정당화하고 싶어 하지. 하지만 어떤 명령도, 어떤 절차도 우리의 죄를 용서하지 못해. 우리의 죄는 용서나 잊는다는 걸로 해결되지 않아. 우리의 영혼에 남은 그 더러운 자국은 죽음으로도 속죄로도 지워질 수 없어.

잿빛 시간 또는 마지막 손님

●

1990년 프랑수아 플뤼만François Flühmann의 연출로 튀뷜트 극단이 뇌샤텔 문화센터에서 초연했다. 1992년부터 독일에서 무대에 올려졌고, 이어서 1993년 암스테르담의 토네일흐룹Toneelgroep에 의해 네덜란드에서 공연되었으며, 1998년에는 이탈리아 피렌체의 페르골라 극장에서 '페르골라의 작가들'이라는 기획으로 낭독 형태로 소개되었다.

등장인물

여자

남자

음악가

무대

침실.

커다란 침대, 테이블, 의자들, 가림막, 옷걸이*, 싱크대,

가스레인지**, 더러운 그릇들, 빈 병들로 빼곡히 차 있다.

침대 옆에는 침실 스탠드가 있다. 무대 안쪽에는 창문이

하나 있고, 그 창문을 통해 거리의 빛이 희미하게 들어온다.

오른편에는 문이 있다. 침실에는 아무도 없고, 단지 창문을

통해 빛이 들어온다. 향수를 불러일으키는 바이올린 연주가

옆방에서 들려온다.

---

 *   Portemanteau. 모자나 코트를 거는 옷걸이를 의미한다.

**   Réchaud. 전기로 가열하는 핫플레이트도 가능하다.

제 1 장

죽음과 미래를 이야기하는 곳

달가닥거리는 열쇠 소리가 들리고 음악이 멈춘다.

나이를 가늠하기 어려운 여자가 들어온다. 부자연스러운 금발에 두꺼운 화장을 했으며, 몸에 딱 붙는 옷을 입고 걷기가 곤란할 정도로 굽이 높은 구두를 신었다. 핸드백을 들고 입에는 담배를 물고 있는데, 여자가 걸친 모피 숄은 어깨 부분이 낡아서 닳아 있다.

여자의 뒤를 따라 한 남자가 들어온다. 남자는 나이가 들었으며 작은 키에 대머리이다. 손에는 술병을 들고 있다.

여자는 문을 잠그고 가방을 등받이 의자에 건다. 그러고는 숄을 침대에 던진 뒤 침실 스탠드를 켠다.

남자는 술병을 테이블 위에 놓고, 외투와 모자를 벗어서 옷걸이에 건 다음 침대를 마주 보고 앉아 주머니에서 지폐들을 꺼내어 테이블 위에 조심스럽게 놓는다.

여자는 분주히 움직인다. 잔을 닦아서 두 개를 테이블 위에 놓는다. 여자는 침대에 걸터앉아서 구두를 벗고 두 발을 문지른다. 남자는 술을 따라서 한 잔을 여자에게 건넨다. 그리고 다시 자신의 자리로 돌아온다.

여자   아! 발 시려……. (손을 비비면서) 그리고 손가락
도……. 꽁꽁 얼었네.

남자   늘 손발이 시리다고 야단이야! 벌써 동상 타령하
네! 한겨울에는 어쩌려고 그래?

여자   겨울은 생각하고 싶지도 않아. (사이) 하지만 여기
는 괜찮아.

남자   더 이상 바랄 것도 없지.

여자   맞아.

둘은 술을 마신다.

여자   당신은? 잘 지내고 있어?

남자   나한테 묻는 거야? 건방지게 나에게 질문을?

여자   당신도 나한테 질문 많이 했잖아. 이젠 내 차례야.

남자   당신 차례는 없어.

여자   엥, 왜?

남자   왜냐하면 내가 돈을 내니까. 돈을 지불하는 사람
에게 질문해서는 안 돼.

여자   아!

둘은 술을 마신다.

여자   여기 들른 지 꽤 오래됐지.

남자	그래서? 내가 보고 싶었어?
여자	아니, 하지만 내 생각엔…….
남자	당신은 생각할 필요가 없어.
여자	또 잡혀 들어갔었나?
남자	잡히다니? 무슨 소리를 하고 싶은 거야?
여자	남의 가방 터시다가?
남자	그렇게 사사건건 참견하고 싶어?
여자	그런 건 아니고. 이번에는 오래 계셨나?
남자	뭐가?
여자	감옥에서 지내신 시간이 길었냐고.
남자	아가리 닥쳐!

둘은 술을 마신다.

여자	오랫동안 소식이 없을 때마다, 당신이 감옥에 있는 건가 아니면 혹시 죽은 건가 상상한다고. 생각해봐. 만일 당신이 죽었다고 해도 누가 나에게 알려주겠어?
남자	그건 그래. 당신은 몇 년이나 매일 저녁 저 밑에서 나를 기다리겠지. 술집*까지 갔다가 저 거리 한구석으로 돌아올 거고……. 아침 무렵에는 지친 몸으로 올라오겠지만, 잠들지 못하겠지. (꿈을 꾸듯이) 창문을 열고, 거리를 내다보고, 거리나 복도에서

---

*   Bistro. 간단한 먹거리와 술을 파는 곳.

들려오는 발소리에 귀를 기울이며. 내가 코트 벗어 거는 모습을 상상하겠지. 난 여기를 한시도 잊은 적이 없어. (사이) 해가 뜨면, 당신은 창문을 닫고 잠이 들 거고. 이런 식으로 몇 년을 지내겠지.

옆방에서 음악이 들려온다. 마치 우스꽝스러운 딸꾹질 때문에 울음소리가 그치듯이 틀린 코드가 연주된다.

여자 (연극적인 톤으로) 저녁이 되면 어린 시절 쓸쓸한 정원에서 느꼈던 적막함이 검은빛을 띠고 다시 다가오겠지. 달님은 도시의 지붕들 위를 산책할 거야. 다음 날 저녁에는 열린 창문을 통해 축축하게 젖은 흙냄새와 함께 바람이 들어오고. 어느 날 밤 빗줄기가 창문을 세차게 내리치면 그 빗방울을 내 눈물이라고 생각하겠지. 가로등 주위로 흩날리는 눈송이들과 함께 겨울밤이 찾아오면, 세상에서 가장 외로운 밤이 될 거야. 왜냐하면 당신의 죽음을 알려올 테니까.

남자 (손가락으로 재빨리 눈물을 훔치면서) 그렇게 말이지. 몇 년 동안이나.

여자 그렇겠지. 왜 울어? 당신은 여기 있잖아.

남자 엥? 뭐라고 했지? 내가 너무 마셨군. (술을 마신다)

여자 우리의 미래는 그렇게 끝나는 건가?

남자 뭐라고? 우리의 미래라고 했어?

여자 그래, 그렇게 말했어. 특별한 의미는 없어. 아무 생각 없이 말한 거야.

남자 생각 좀 하고 말하는 게 좋을 거야.

여자 뭘 생각해야 될지도 모르겠어.

남자 우리의 미래를 생각해보라고.

여자 항상 그렇듯이, 나는 미래를 생각해선 안 돼.

남자 그러면 무슨 생각을 해야 하는데?

여자 무슨 생각? 아무것도. 항상 그렇듯이, 아무도 나보
고 생각하라고 하진 않아.

남자 그럼 뭘 하라고 하는데?

여자 다른 것들.

남자 왜?

여자 왜라고?

둘은 술을 마신다.

남자 좀 전에 무슨 말을 했지? 앞에 했던 질문을 잊어버
렸어.

여자 무슨 질문?

남자 네 질문 전에 했던 질문 말이야. 생각이 안 나.

여자 아! 너도?

남자 생각났다!

여자 좋은 징조네.

남자 생…… 각…… 난…….

여자 생각이 날 리가 없지. 예전에도 뭘 기억해낸 적이
없으면서. 이제 당신도 맛이 가…….

남자	젠장! 빌어먹을! 썅! 네가 말 끊어서 또 잊어버렸어!
여자	일부러 그런 건 아니야.
남자	그래, 그래. 일부러 그런 게 아니지. 매번 그렇지.

제 2 장

펼쳐진 나이프

남자가 일어선다. 천천히 주머니에서 잭나이프를 꺼낸다. 나이
프를 펴고, 흡족한 듯이 살펴본다. 춤추듯 침대로 다가와서 나이
프를 치켜든다.

여자   날 찌르려고?

음악이 들린다. 짧으면서 강하고 드라마틱한 코드의 음악이다.
여자가 비명을 지른다.

남자   왜 그래?
여자   무서워.
남자   내 나이프가?
여자   아니. 음악이.
남자   무슨 음악? 난 못 들었는데. (나이프를 내리고, 그
         나이프를 서글프게 바라본다.) 그럼 내 나이프는?
여자   무슨 소리야, 당신 나이프라니?

남자	내 나이프는 안 무서운 거야?
여자	왜 내가 당신 나이프를 무서워해야 하지?
남자	베일 수 있으니까.
여자	나이프는 모든 걸 벨 수 있잖아. 나이프가 무섭다면, 난 파이 한 조각도 못 만들걸.
남자	용감한 척하네.
여자	아니야, 그냥 궁금할 뿐이야.
남자	나에 관해서?
여자	나이프에 관해서. 왜 내가 그걸 두려워해야 하지?
남자	왜냐하면 나이프는 죽음, 아니면 죽음과 비슷한 그 무엇이니까. 무섭지 않아?
여자	알았어, 알겠다고, 정 그렇게 원한다면…… 정말 무섭다, 나이프. 이제 됐어?
남자	그런 식으론 안 돼! (다시 앉는다.)
여자	그럼, 어쩌라고?
남자	나도 몰라. 뭔가 다른…… 모르겠어. 다른 말 좀 찾아봐!
여자	졸려.
남자	장난이 아니야. 마셔! (그는 술을 따르고, 둘은 마신다.) 얘기를 지어내봐!
여자	지어내다니? 뭘?
남자	아무거나! 아무서라도 좋아! 지어내라고.
여자	알았어, 흥분하지 말라고. 지어낼게.

제 3 장

영광스러운 여명

남자   좋아, 시작해봐!

여자   (애써 지어내듯) 저녁이면 난 항상 졸렸어⋯⋯. 어떤 날은 아침에도 졸려. (침대 위로 가면서) 사실을 말하자면, 난 항상 졸려.

남자   그게 다야? (나이프를 치켜든다.)

여자   아냐, 더 있어. 꿈도 꾸었어. 지금은 꾸지 않지만.

남자   지금은 아니라고? 당장 꿈을 꿔봐!

여자   명령한다고 꿈을 꿀 수 있는 게 아니야.

남자   할 수 있어. 정 못 하겠다면⋯⋯. (나이프를 치켜든다.)

여자   알았어, 알았다고. 당신에게 꿈을 꾸어주겠어.

남자   진짜 같은 걸로.

여자   그래. 현실과 비슷한 걸로.

남자   현실 같은 건 싫어.

여자   정말 피곤하게 하네. 그럼 꿈과 비슷한 걸로 꾸지.

남자   무엇에 관한 꿈인데?

여자   나도 몰라. 내가 원하는 대로 꿈을 꿀 수는 없잖아.

남자	그럴 수는 없지. 하지만 내가 원하는 대로는 할 수 있겠지.
여자	아, 그러셔? 그럼, 이제부터 선생님이 원하는 대로 꿈을 꾸어드리겠습니다.
남자	우리에 관한 꿈을 꾸어봐. 당신과 나에 관한 꿈.
여자	그럼 절망의 구렁텅이로 떨어지는 꿈일 텐데.
남자	무슨 뜻이야?
여자	꿈에 보이는 대로 생각해볼게.
남자	그래, 노력해봐.
여자	알았어. (눈을 감는다.) 나는 언덕 위에 있고, 남자들이 나를…….
남자	나는?
여자	아직 당신이 보이진 않아. 남자들이 나를 강간하고 있어.
남자	그건 빼고, 빨리 나를 봐……. (나이프를 치켜든다.)
여자	만일 '그건 빼고' 꾼다면, 다음은 당신이 보이네. 당신이 나의 구원자야.
남자	좋았어!
여자	당신이 나에게 다가와서, 놈들을 쫓아내고, 나를 들어 품에 안았어……. 영광스러운 여명이 떠오르고.
남자	좋았어.
여자	아 멋있어. (그녀는 잠이 든다.)
남자	나쁘지 않아. 그다음은? (소리치며) 그다음은?
여자	(화들짝 놀라면서) 뭐가 그다음이야?
남자	영광스럽게 내가 떠오른 다음…….

여자	당신? 영광?
남자	그래, 그렇게 말했잖아.
여자	내가 착각했나 봐.
남자	충고하는데, 한 번만 더 착각해보시지.
여자	착각하면 안 돼? 알았어. 그럼 여명이 떠오르고, 놈들은 떠나고, 당신이 나에게 다가와서 이번에는 당신이 나를 강간해.
남자	그건 꿈이 아니잖아!
여자	아니지. 이 쓰레기 같은 놈아.
남자	그게 마지막인가?
여자	그래, 마지막이야.

제 4 장

무한한 슬픔

남자   자, 한 잔 더 마셔.

여자   난 무한정 마실 수 없어. (사이) 그건 무한한 슬픔
        이라고.

남자   여기서 슬픔이 왜 나와?

여자   보통 '무한한 슬픔'이라고들 하잖아. 웃기지 않아?

남자   (침울하게) 웃겨 죽겠다.

여자   그래. 꼭 당신 나이프처럼.

남자   언젠가 널 죽일 거야.

여자   그런 말 한 지도 오래됐지.

남자   언젠가는 꼭 죽이고 말 거야.

여자   (고함치며) 지금, 그런 말이 무슨 소용이야! 전에
        죽였어야지, 아주 오래전에 말야!

남자   왜 전에 죽였어야 하지?

누군가 문을 두드린다.

음악가	조용히 해주세요! 부탁합니다.
여자	전에 죽었다면, 이런저런 꼴을 안 볼 수 있었겠지. 이젠 아무 상관 없어.
남자	맞아, 너무 늦었어. 이젠 아무것도 바뀌지 않아.
여자	아무것도. 이제 그 나이프 주머니에 도로 넣어둬.
남자	그건 곤란해. 어쨌든, 난 나이프가 없으면 말을 못 하니까.
여자	그건 그래. 당신은 나이프를 항상 지니고 있었지. 내가 기억하는 한 정말 오랫동안 가지고 있었어. 그리고 항상 나를 죽이려 했고. (사이) 사용해본 적은 있어?
남자	사용? 무슨 뜻이야?
여자	그냥 궁금해서 그래……. 그럼, 그 나이프는 나에게만 쓰는 거야?
남자	(부드럽게) 그래, 당신만을 위한 거지.
여자	친절하시군. 정말 친절해. 자세히 보게 테이블 위에 올려놔봐.
남자	알았어. 이렇게?
여자	그래, 그렇게. 멋지네.
남자	맞아, 멋진 나이프지. 난 이 나이프가 맘에 쏙 들어.
여자	나도 그래. 한데 한 번도 써본 적이 없다니.
남자	그래, 아까운 일이야. 하지만 어쩌겠어? 세상일이 다 그렇지. (사이) 세상에 너무 늦은 건 없다고 하잖아…….
여자	오, 인간들은 별 이야기를 다 해…….

제 5 장

아이들

여자와 남자가 술을 마신다. 복도에서 발소리가 들린다. 여러 사람이 지나간다. 여자들의 웃음소리도 들린다.

여자 난 애가 셋이야.

남자 농담이지?

여자 내 애들은 아니야.

남자 그럼 애가 없는 거야.

여자 아냐. 있어.

남자 무슨 소린지 모르겠군.

여자 애가 셋이라고. 애들 아버지는 전부 달라.

남자 어떻게? 왜 그랬어?

여자 낳아달라고 부탁했거든. 그 남자들 부인이 애를 가질 수 없었나 보지.

남자 이름은?

여자 누구 이름?

남자 당신 아이들.

여자	몰라. 애들이 사낸지 계집아인지도 모르는걸. 바로 빼앗아갔으니까. 나에겐 보여주지도 않았어.
남자	지금은 어디에 있는데?
여자	몰라. 어디에 살았는지도 모르는걸. 지금은 다 커서 어른이 됐겠다.
남자	대체 그때 무슨 일이 있었던 거야?
여자	돈을 꽤 많이 받았어.
남자	그런 말 한 적 없었잖아.
여자	내가 왜 말을 해야 하는데?
남자	날 놀리는 거야, 어?
여자	그래.
남자	왜 셋이야? 세쌍둥인 아니었을 테고.
여자	아니야. 몇 년에 걸쳐 태어났지. 내 배 속에서 나오자…… 애들은 울었지……. 사람들이 다 데려갔어.
남자	하! 하! 꿈을 꾼 거구먼!
여자	닥쳐!
남자	내가 더 알고 싶은 건…….
여자	더 알려줄 것도 없어. 꺼져!
남자	당신 꿈…….
여자	내 꿈? 꿈이라면 누구나 꾸는 거잖아.
남자	여하튼…… 더 없어?
여자	(고함치며) 없어! 아무것도 없다고! 찔러라, 그래!
남자	어디를 찔러줄까? 이 나이프로?

문 앞에서 발소리가 들린다. 누군가 문을 두드린다.

제 6 장

사랑의 꿈

음악가 조용히 좀 해주세요! 조용히! 제발!

남자 그 남자는 어떻게 지내?

여자 누구?

남자 당신의 음악가.

여자 별로 달라진 것 없어.

음악가 문 여세요! 문 좀 열어봐요! (문을 한동안 흔들고 간다.)

여자 피곤해. 왜 내가 이 짓을 계속해야 하는지 모르겠어. 습관적으로 그러는 것 같아.

남자 아냐. 나를 만나기 위해서야.

여자 당신을 만나기 위해서, 난 꿈을 꿔.

남자 당신의 꿈? 화는 다 풀린 거야?

여자 그래. 손 줘봐.

남자 왜?

여자 도움이 되거든.

남자 썩 내키진 않지만.

남자는 침대 옆 바닥에 앉는다. 여자에게 손을 건넨다.

음악이 잠깐 들리는데 음이 맞지 않는다. 곧 바이올린을 벽에 집어 던지는 소리가 들린다.

여자　　축제야……. 우리는 거리를 걷고 있어, 당신과 나……. 당신을 사랑했었지. 축제 때면 우리는 거리를 걷곤 했어.

남자　　그다음엔?

여자　　그다음? (사이) 난 당신을 군중 속에서 놓쳤어. 당신을 찾고 있어. 거리의 끝에 술집이 있어. 난 안으로 들어가. 당신이 카드놀이를 하고 있군.

남자　　카드놀이는 재미있지.

여자　　당신이 날 보지 않자, 난 자리를 떠. 난 카드놀이가 싫어.

남자　　우리는 같이 살았어야 했는데.

여자　　한참 뒤에, 당신이 나를 품에 안고 있어……. 사람들이 지나가네. 당신은 그들에게 나를 깨우지 말라는 신호를 하네. 당신이 내 꿈을 보호하고 있었군.

남자　　말도 안 돼! 축제 기간에 난 더 중요한 할 일이 있다고! (일어서서 잔을 채운다.)

여자　　바닥에는 더러운 종잇조각들과 깨진 병들이 널려 있다. 비가 온다. 축제의 불빛들은 꺼졌다. 동트기 전의 잿빛 시간이야. 악몽을 꾸듯 술 취한 한 남자가 죽은 거리를 걸어. 빗속을 걸어. 그는 울고 있어. 누군가를 찾아 외치고 있어. 피로와 절망과 와인에 취해 쩔룩거리면서 어떤 집의 문간에 넘어지네. 이마가 깨졌어. 무거운 문을 두드리지만, 그 문은 희망을 잃은 사랑으로 영원히 잠겨 있어. (사이) 그는 세차게 두들겼어, 세차게……

권총 소리가 들리고, 침묵이 이어진다. 즐겁게 여자의 이야기를 듣고 있던 남자가 소스라치게 놀란다.

남자   뭐야?

여자   아무것도 아니야. 음악이 잘 안 되면 매번 저래. (침대 테이블 위의 거울을 들어 살펴본다.) 내일은 미용실에 가야겠어. 머리칼이 노래졌어. 정말 흉해.

남자   늙으면 머리칼은 회색이 되는 거야. 노란색이 아니라고.

여자   염색해서 그래.

남자   염색을 하나?

여자   그럼 무슨 생각을 한 거야? 내가 진짜 금발인 줄 알았단 말이야?

남자   몰라. 한 번도 생각해보지 않았어.

여자   원래 내 머리색이 어땠는지 기억이 안 나. 진짜 머리 색깔. 그게…… 갈색이었어……. 내가 소녀였을 때는.

남자   당신이? 당신이 소녀였다고?

제 7 장

소녀와 도시

여자 그래, 난 거리를 배회하던 소녀였어.

남자 배회? 벌써 그때부터?

여자 저녁에는 집에 가만히 있을 수가 없었어. 집을 나와 돌아다니다가 먹잇감이 되어버린 거야.

남자 과장하지 마.

여자 당신 말이 맞아. 난 그저 거리를 배회했었어.

남자 지금도 거리를 배회하고 있지.

여자 그래, 배회하지. 하지만 지금은 완전히 달라. 강간당하는 게 두렵지 않아.

남자 그럼 뭘 두려워하는데?

여자 내가 두려울 게 뭐가 있는데?

남자 영혼의 강간?

여자 영혼? 난 이제 그런 거 몰라.

남자 거리를 배회할 때 부모님이 아무 말도 안 했어?

여자 왜 부모가 있었다고 생각하는 거지?

남자 보통은 부모가 있으니까. 그럼 부모가 없었나?

여자	있었지. 하지만 고아가 될 뻔했어.
남자	그럴 뻔했다. 알았어. 당신 부모가 저녁에 거리를 배회하도록 그냥 두었냐고?
여자	부모님은 아무것도 몰랐어. 없는 거나 마찬가지였어. 잠들어 있었지. 술에 취해서……. 난 뭐든 마음대로 할 수 있었어.
남자	이제 알겠군. 당신은 거리를 배회했었고 강간당할까 봐 무서웠다는 거지.
여자	꼭 그런 건 아니야. 정말로 무서웠던 건 아니거든.
남자	알겠다. 그럼 누가 당신을 강간했었군?
여자	꼭 그런 것도 아니야. 거리에서도 아니고. 거리에는 나 혼자였으니까.
남자	혼자? 그때도 이미 혼자 있는 걸 좋아했던 거야?
여자	그래. 그 거리, 그 고요함, 두려움을 좋아했어. 그리고 나이프도 좋아했어. 이미 당신을 기다리고 있던 거지. 그곳이 내가 당신에게 꿈을 꾸어주고 싶은 곳이야. 내가 소녀였을 때 배회하던 그 거리 말이야. 다른 나라, 다른 도시. 하얀 작은 집들과 커다란 마로니에가 늘어선 넓은 거리였지. 여름이 시작되면 나무들은 하얀 눈물을 떨궜어. 하얀 꽃잎들이 바닥을 아주 두껍게 덮어버려서 내 발소리도 들을 수가 없었지. (눈을 감는다.) 난 그곳을 걷는다. 혼자서. 그 꽃잎들처럼 사뿐히 달린다. 하얀 드레스를 입고 짙디짙은 내 머리카락들은 내 뒤에서 펄럭거린다. 그 거리의 끝에서 당신이 나를 기

　　　　　다리고 있어.

남자　　(나이프를 테이블에 꽂으면서) 아냐!

여자　　(눈을 뜨며) 싫어?

남자　　아니야! 난 거기 없었어! 난 그 도시에 간 적 없어,
　　　　　당신이 지어낸 거라고. 그런 도시는 존재하지 않
　　　　　아! 내가 당신을 처음 만났을 때, 당신은 금발이었
　　　　　다고. (머리를 손으로 감싸고 운다.)

여자　　억지 부리지 마.

여자는 일어나 테이블로 가서 술을 따르고, 남자의 머리를 쓰다
듬는다. 옆방에서 바이올린을 조율하는 소리가 들린다.

제 8 장

분노와 연민

남자 (머리를 저으면서) 난 사랑받고 싶지 않아!

여자 (남자를 마주 보며 의자에 앉으면서) 웃기는 소리 하지 마. 난 누구도 사랑한 적 없어.

남자 나도?

여자 당신을? 웃기고 있네! 내가 왜 당신을? 술 취하니 주제 파악이 안 되나 보지?

남자 그래, 알아……. 그러면 당신 꿈은 뭐지?

여자 뭐라고, 내 꿈? 당신이 꿈 때문에 돈을 내는 거잖아.

남자 내가 돈을 주는 건 당신과 이야기하고 싶기 때문이야.

여자 그래, 이제 내 몸엔 관심 없다는 거지. 젊지 않으니까. 젊을 땐 몸뚱어리를 사더니. 지금은 내 꿈, 내 영혼을 사려고 드는군. 하지만 영혼을 살 순 없어.

남자 어차피 영혼도 없잖아.

여자 맞아. 정답이야.

남자 당신 정말 못됐어. 더 이상 오지 않을 거야. 언제나

날 실망시키는군. 젊은 시절에는 몸뚱어리로 실망
시키더니.

여자 기가 막혀! 그럼, 너는? 네놈은 침대에서 그렇게
대단했던 줄 아는 모양인데.

남자 내가 왜 대단했어야 해? 돈은 내가 내는데. 실력
발휘는 당신이 했어야지.

여자 지금도 실력 발휘하는 건 나잖아! 꿈까지 꿔줘야
하다니!

남자 당연하지. 돈을 내는 건 나니까.

여자 그럼 이제 역할을 바꿔. 오늘은 내가 돈을 내지.
(테이블 위의 돈을 집어서 남자의 얼굴에 내던진 뒤
나이프를 거머쥐면서) 나이프를 들고 있는 건 나
야! 꿈을 꾸라고! 이야기해! 지어내!

남자 미쳤군!

여자는 남자의 뒤로 돌아가서, 한 손으로 남자의 양팔을 붙들고
다른 손으로 그의 목에 나이프를 들이댄다.

여자 왜 날 안 죽였어, 이 개자식아? 20년이나 30년 전
에 왜 진작 숨통을 끊어놓지 않은 거야? 왜 이렇게
늙고 추해질 때까지 기다렸어? 네놈 돈! 내가 너
같은 놈의 돈이 왜 필요해? 불쌍하고 짜리몽땅한
소매치기 네놈보다 내가 백 배는 돈이 더 많아. 내
가 원했던 건 네놈 나이프야. 내가 젊었을 때 내 모
가지, 내 하얗고 예쁜 목에 네놈의 그 빛나는 나이

프를 들이대는 걸 원했다고. 이제 네놈 차례야. 자, 말해! 네 꿈을 이야기해봐!

남자 (겁에 질려서 빠른 속도로 말한다.) 난 꿈을 꾸지 않아. 하지만 난 항상 당신을 생각해. 30년 전부터 당신을 생각했어. 자주 오지 않았던 건, 돈이 없어서 그랬던 거야. 돈이, 거금이 생겼을 때만 왔었어. 당신을 기쁘게 해주고 싶었어……. 나머지 시간에는 다른 놈들, 당신 가랑이 사이에 줄 서 있던 다른 놈들을 생각하면서 질투심에 속만 태우고 있었지. 죽고 싶을 정도로 괴로웠지만 당신에겐 내색하지 않았어. 내가 당신을 독차지할 수 없다는 걸 알고 있었어. 만일 큰 걸 한 건만 했다면…… 그랬다면 혹시 당신과……. 난 당신을 원했어. 하지만 이제 희망이 없어. 난 끝이야. 내가 또다시 여기 온다면, 그건 더 이상 몸을 섞고 싶어서가 아니라, 그건…… 혼자 있고 싶지 않아서야. 항상 혼자니까……. 한순간이라도 당신과 같이 있고 싶어서, 당신을 바라보고, 당신이 하는 말을 듣고……. 그런데 지금도 역시 당신은 나를 괴롭히잖아. 날 고문하고, 온갖 거짓말에, 당신 아이들 얘기, 가짜 꿈으로 질투하게 만들잖아. (나이프를 뺏어서 꼿꼿이 선다.) 하마터면 당할 뻔했네! 날 두려움에 떨게 했어, 이 쌍년!

여자 (다시 침대에 앉아서 웃으며) 역할을 잠시 바꿔본 거야. 솔직히 말해봐. 이번에는 돈 낸 값을 했지?

남자   다시 오나 봐라! 내가 네 마지막 손님이야. 장담하는데 이제 찾아오는 손님도 없지? 지금까지 여기 오는 건 나밖에 없잖아.

여자   왜 너밖에 없다는 거지? 30년 동안 알고 지내면서 이젠 한두 시간씩 수다나 떨려고 오는 사람들도 있어.

남자   (의자에 깊이 주저앉으며) 그래봐야…… 나머지 놈들은…… 삭을 대로 삭은 몸뚱어리에 술 냄새나 풍기는 늙다리들. 그래, 나도 이제 늙었지만.

음악 소리가 주저주저하듯이 들린다.

남자   어라, 아직 살아 있는 거야?

여자   저 사람이 왜 죽겠어? 잘 들어. 좀 전에 당신이 말한 거, 돈 문제……. 돈이 없어도 와도 돼. 오고 싶을 때 오라고. 돈이라면 내가 줄 수도 있어.

남자   얼씨구! 이제는 나를 포주로 만들려고! 이런 걸 사랑이라고 하시나! 황송하나이다, 나도 존엄한 인간이랍니다. 난 도둑이지, 포주가 아니라고. 어느 때고 창녀에게는 화대를 지불한단 말이지. (바닥에 흩어진 돈들을 테이블 위에 다시 올려놓는다.)

여자   하지만 당신은 이제 수다나 떨려고 오는 거잖아. 돈은 안 내도 돼. 그럼 더 자주 올 수 있잖아, 매일…….

확신에 찬 듯한 연주 소리가 점점 더 커진다.

제 9 장

도발

남자 매일? 아, 그래? 어쩌면 여기서 아예 살 수도 있겠네?

여자 안 돼, 여기선 안 돼.

남자 여기선 안 된다고. 하지만 당신의 경제력이면 아는 사람 없는 조용한 동네에 작은 집 한 채 정도는 살 수 있겠지. 안 그래?

여자 그야…… 할 수…….

남자 할 수 있지, 그렇지? 이젠 화장도 안 하고, 염색도 안 하고, 그렇지?

여자 그래.

남자 회색 머리카락을 예쁘게 틀어 올리고, 드레스는 점잖은 색깔로 입고? 그럴 거지?

여자는 머리로 '그렇다'는 표시를 하더니 졸기 시작한다.

남자 하이힐도 안 신고, 손톱에 매니큐어도 지우고? 그럴 거지?

여자는 '그렇다'는 표시를 한다.

남자   내가 정원에서 장미를 손질하는 동안 당신은 요리
랑 설거지, 빨래를 할 거고? 그럴 거지?

여자는 '그렇다'는 표시를 한다.

남자   그리고 술도 안 마시고, 담배도 끊고, 앞으론 혼자
서 거리를 배회하는 일도 없을 거야. 그럴 거지?

여자는 '그렇다'는 표시를 한다.

남자   저녁에는 일찍 자고, 일요일 오후에는 손주들이
우리를 보러 올 거야. 그렇겠지?

여자는 '그렇다'는 표시를 한다.

남자   뭐? 그렇다고?
여자   그래.
남자   지금 "그래"라고 했어?

음이 이탈하는 소리가 들린다.

여자   (깜짝 놀라면서) 뭐야? 누구야? 아, 당신 아직도 여기 있는 거야? (남자에게 등을 돌리면서 눕는다.)

남자   그러는 동안 이따금씩 교회도 갈 수 있겠지.

남자는 여자를 바라보지만, 여자는 아무 대꾸가 없다.

제 10 장

도둑의 작별 인사

남자는 나이프를 접어서 주머니에 넣는다. 일어나서 침대로 간다. 여자를 바라본다. 여자는 움직이지 않는다. 남자는 의자에 걸려 있는 여자의 핸드백을 본다. 핸드백을 다시 쳐다보고는 집는다. 안을 뒤적인다. 지폐 뭉치를 꺼내어 센다. 여자가 돌아누워서 남자를 바라보더니, 다시 벽을 향해 눕는다. 남자는 지폐를 자신의 주머니에 넣는다. 망설인다. 주머니에서 지폐 뭉치를 꺼낸다. 그중 한 장만 빼서 테이블 위에 있는 다른 지폐들 옆에 가지런히 놓고 센다. 나머지 돈은 자신의 주머니에 넣는다. 문 쪽으로 가서 외투와 모자를 집는다. 열쇠를 돌려 문을 연다. 다시 와서 침실 스탠드를 끈다. 동이 트기 바로 직전의 잿빛 시간이다. 희미한 새벽은 창문을 통해 들어온다.

남자   (밖을 바라보며, 아이러니한 어조로) 영광스러운 여명!

남자가 문을 덜그럭거리면서 나간다. 열린 문이 경첩을 따라 흔들거린다.

제 11 장

이야기의 끝

밤의 주술에서 풀려난 음악이 방 안을 채운다. 음악가가 연주를 하면서 들어와 무대 가운데에 멈춰 선다. 음악가의 길고 얇은 실루엣이 창문 위에 어른거린다.

여자가 팔꿈치로 턱을 괴고 음악가를 바라본다.

음악가는 바이올린과 활을 테이블 위에 놓고, 주머니에서 권총을 꺼내 여자를 겨눈다. 방아쇠를 당긴다.

여자가 침대 위에 다시 쓰러진다.

막

전염병

등장인물

의사
구조자*
구조된 여인**(이하 여인)
소방관1
소방관2
설득사***
남자1
남자2
말라바인****

---

*	Sauveur. 영어의 saviour와 같은 의미로 기독교의 구원의 의미가 내포되어 있다. 구원자라고 해도 무방하다.
**	Sauvée. 마찬가지로 구원받은 여인이라고 해도 된다.
***	Convainqueur. 설득하는 사람이란 의미인데 작품에서 새로운 직업으로 표현되어서 설득사라고 했다.
****	Malabar. 인도 남부의 타밀 지역의 말라바 사람. 주로 쿨리 같은 힘을 쓰는 일꾼으로 프랑스에 알려져 있다.

제 1 장

의사, 구조자, 구조된 여인

제대로 관리되지 않은 의무실.

의사가 책상 앞에 앉아 있다. 의사는 오십대 여자이며 옷차림이
단정치 못하다. 레드와인 병이 의사 앞에 놓여 있다.

의사   구름. 구름밖에 없어. 호두나무나 오렌지나무에
도 석양이 비치지 않아. 아름다운 세상은 싫다. 내
가 좋아하는 건 이런 구역질 나는 날씨야. 비가 오
고, 안개는 자욱하고, 바람은 불어대고, 땅은 진창
이 되고, 개똥 같은 날씨. (술을 따르고 마신다.) 내
건강을 위해 건배! 난 건강이란 놈이 싫어. 와인은
건강에 매우 해롭지. 담배도 역시. (담배에 불을 붙
인다.) 이런 식으로 오래갈 수……. 손님이 오지 않
아. 단 한 사람도. 아픈 사람은 없어. 죽은 사람들
뿐이야. 환자라는 게 도대체 뭐야? 귀찮은 것들이
잖아. 아프지 말거나, 아프면 그냥 죽으면 되는 거
야. 사람들을 돌봐준다고? 그들을 치료한다고? 무

엇 때문에? 인간들이 너무 많아. (술을 마신다.) 의사란 건, 웃기는 거야! 편도염이나 고치는 데 쓸모가 있지. 하지만 편도염은 그냥 둬도 저절로 낫거든. (술을 마신다.) 정말 조용하다. 눈이 올 것 같아…… 내가 왜 이런 생각을 하지? 눈이 오건, 눈이 안 오건…… 어찌 됐건 내가 왜 이런 걸 궁금해하는 거지.

누군가 문을 두드린다.

의사   다른 곳에 가봐! 난 아무것도 몰라. 당신들 편도염과 난 상관없다고. 그냥 두면 저절로 나을 거야.

더 세차게 문을 두드린다.

의사   아스피린 드시라고! 그게 최고의 치료법이야. 만병통치약이니. 그게 안 들으면, 나도 어쩔 수가 없어.

다시 더욱 세차게 문을 두드린다.

의사   알았어, 알았다고. 항생제 정도는 놔드리지. 그것도 효과는 있지. 미생물, 바이러스, 박테리아 나 국이니까. 경구용으로 줄까, 엉덩이에 주사를 놔드릴까, 아님 정맥주사라도…….

문이 소란스럽게 열린다. 구조자가 한 젊은 여자를 들고 들어와서 진찰대 위에 조심스레 내려놓는다. 구조자는 이마의 땀을 닦는다.

의사   이게 뭡니까?

구조자   아가씨요, 아주 예쁜 아가씨입니다. 숲에서 목을 맨 걸 제가 발견했어요.

의사   당신이 발견한 게 이게 답니까?

구조자   이게 다라니요? 내가 버섯을 캐러 간 줄 아세요?

의사   뭘 찾고 계셨나요?

구조자   나무요. 소변 좀 보려고 했어요. 한데 내가 찾은 걸 보라고요.

의사   숲에 널린 게 나무인데, 나무 찾는 게 그리 힘들었나요?

구조자   힘든 것이 아니……. 이런 오라질! 왜 이런 쓸데없는 얘기를…….

의사   오라질! 오라질, 이라고 하셨나요?

구조자   네. 그게 뭐 어쨌다는 겁니까?

의사   오라질이라는 말, 너무 좋아요. 내가 너무 좋아하는 표현이에요. 요새는 이런 말을 들을 수가 없지요. 오라질! 히히히.

구조자   이 아가씨에게 뭐라도 조치를 취해주세요!

의사   다른 사람들은 없었나요?

구조자   어떤 다른 사람들이요?

의사   목매단 사람들. 숲에서 말이에요.

구조자	모르겠어요. 제가 보고 구해낸…… 사람은 이 여자 하나예요. 왜요? 숲에 다른 사람들이 또 있었나요?
의사	숲에 꽉 찼지요. 목매단 사람들이 한가득입니다. 물론 인간들 눈에는 젊고 아름다운 것들만 보이니까. 매일 구조해 오는 것들이 똑같지. 절대로 늙고, 못생기고, 추잡한 인간은 절대 없어. 절대로 없지!
구조자	하지만 제가 본 건 저 아가씨뿐이었다고요. 누굴 봤든지 난 구했을 거예요.
의사	그건 안 되지요. 아무나 구할 수는 없어요. 게다가, 당신에겐 아무나 구할 수 있는 권리가 없어요.
구조자	그게 무슨 소리입니까? 이건 권리가 아니라, 의무예요.
의사	네, 네, 네, 네. 그래서 내가 어찌했으면 좋겠습니까?
구조자	이 아가씨를 살려주셔야지요. 그녀에게 생명을 돌려주세요, 그녀의 미래도요!
의사	벌써 뻣뻣하게 굳었는데.
구조자	아니에요. 숨 쉬고 있어요. 선생님은 의사잖아요, 맞지요?
의사	의사였지요, 의사. 하지만 더 이상 환자가 없어요. 죽은 사람들만 온다고. 하긴 편도염 환자들도 오긴 하지만. 그건 습기 찬 날씨 때문이고. 한잔하실려우?

의사가 일어나서 컵을 씻으려고 한다.

구조자	아니요, 아닙니다. 고맙습니다. 이 젊고 매력적인 여인에게 어서 조치를 취해주세요.
의사	매력, 매력적이라…… 항상 아름다운 아가씨만 인간들이…….
구조자	내가 이 아가씨를 봤을 때 아름답다고 생각했겠어요? 혀가 축 늘어지고, 온몸이 시퍼레졌는데.
의사	역겹군. (여인을 바라보면서) 지금은 시퍼렇지 않은데.
구조자	맞아요. 아직 살아 있어요. 심장이 뛰잖아요.
의사	심장이 뛰는 걸 확신할 수는 없지.

구조자는 의사의 가운을 잡고 흔든다.

구조자	당장 어떤 조치라도 하지 않으면, 당신의 그 더러운 주둥이를 부숴버리겠어.
의사	진정해요, 진정하라고.
구조자	최소한 진찰이라도 해보시라고요.
의사	그렇게 원하신다면야.

의사가 여인을 진찰한다.

의사	호흡은 정상이고, 심장박동도 안정적이고…… 오, 정말 아름다운 젖꼭지야!
구조자	이런! 뭐 하시는 거예요?
의사	뭐 하긴, 진찰하는 거지. 진찰해달라며. 아름답군,

젊음이란 정말!

구조자는 의사를 밀쳐낸다.

구조자   이 여자에게 손대지 마세요! 근처에 다른 진료소
는 없나요?

의사   진료소도 없고. 병원도 없어. 이 근처에는 나뿐이
라고. 보라고, 아가씨가 눈을 떴잖아!

구조자가 여인에게 다가간다.

구조자   정말 아름다운 푸른 눈이야. 기가 막히게 아름다워.

의사   좀 전에는 그녀 온몸이 푸르렀다며, 그건 아름답
지 않다고 했잖아.

구조자   마녀 같으니! 당장 이 여인을 데려가겠어.

여인   누가 나를 데려가는 건 원치 않아요. 그저 누워 있
을 뿐이에요. 괜찮아요.

의사   보라고!

여인   여기가 어디예요? 저세상인가요?

의사가 비웃는다.

구조자   아닙니다. 이승에 계십니다. 살아나신 겁니다. 제
가 당신을 구했어요.

여인   바보 멍청이!

구조자	뭐라고요?
의사	제대로 들으신 거야. 바보 멍청이라고 하잖아.
여인	이기주의자, 위선자, 천치, 떨떨이, 팔푼이.
구조자	나에게 하는 말이에요?
의사	정확히, 당신에게 하는 말이야.
구조자	왜요?
여인	왜냐하면!
의사	당신이 아무 상관 없는 일에 끼어들었기 때문이지.
구조자	내가? 언제? 어떻게요?
여인	자고 싶어요.
구조자	상태가 좋아진 것 같아요.
의사	보라고. 스스로 회복했잖아. 항상 이런 식이라니까.
구조자	항상 이런 식이라고요? 이제 난 뭘 해야 하나요?
의사	자게 그냥 둬.
구조자	알았어요. 기다리겠어요.
여인	그럴 필요 없어요. 난 혼자서 잘 잘 거예요.
의사	기다리면서, 관청에 가서 신고하시면 되겠네.
구조자	전화하면 되지요.
의사	전화는 작동하지 않아요.
구조자	이 더러운 촌구석에 제대로 작동하는 게 뭐가 있나요?
의사	없어요. 아무것도 작동하지 않아요.
구조자	하지만 왜, 오 신이여…….
의사	'오라질'이라고 해야지. 왜 신은…….
구조자	이곳에서 무슨 일이 벌어지고 있는 겁니까?

의사	특별할 것 없어요. 거의 모두가 죽었으니. 자살로.
구조자	거의 모두라고요? 하지만…… 무슨 이유로?
의사	아무도 모르지요. 특별한 이유도 없어요. 일종의 전염병입니다.
구조자	자살이…… 전염병이라고요?
의사	그래요. 병균, 자살 바이러스, 전염병.

의사는 잔을 두 개 집어서, 하나는 구조자에게 건넨다.

의사	한잔하지 않겠어요?
구조자	뭘 마시는데요?
의사	싸구려 와인. 이 동네에서 나는 겁니다. 지하실에 잔뜩 있어요. 한잔 마시겠어요? 그렇게 좋은 술은 아니지만.
구조자	다른 건 없나요? 좀 독한 걸로?
의사	히히히! 다른 건 없어요. 이걸 마시거나, 아님 말거나.

구조자는 잔을 들고, 인상을 쓰면서 마신다.

구조자	어떤 관청에 알리면 될까요?
의사	자살 위원회. 살아난 사람이 생길 때마다 관심을 보이거든요.
구조자	죽은 사람들에겐 관심을 안 가지나요?
의사	가지긴 하지요. 정말로 죽었는지 확인하기 위해

모두를 조사하니까요. 하지만 위원회에서 정말 관심을 보이는 건 살아난 사람들이에요.

구조자 왜요?

의사 질문을 하려는 거지요. 죽은 자들에겐 할 수가 없으니까.

구조자 그럼 그 위원회는 어디 있나요?

의사 건너편 술집에 있어요. 소방관들이 그 업무를 담당합니다.

구조자 소방관이요?

의사 그래요, 소방관. 아주 처리를 잘하지요. 좀 덜떨어져도 일은 잘하거든요. 처음에는 심리학자들을 보내줬었는데, 모두 다 자살해버렸어요.

구조자 심리학자요?

의사 응. 놀랍나요? 여덟 명이나 왔었어요. 소방관은 절대 자살하지 않아요. 극한의 상황에 잘 훈련되었거든. 그건 그렇고, 당신은 이 촌구석에 어떻게 들어왔어요?

구조자 자동차로요. 분기점에서 길을 잘못 들었어요. 여기가 어딘지도 모르겠습니다.

의사 모르는 게 나을 겁니다. 이 촌구석은 격리 중이에요. 아무도 들어오거나 나가지 못합니다. 모든 교통이 차단됐어요. 입구에 바리케이드 못 봤어요?

구조자 못 봤어요. 아무것도 없던걸요. 왜요?

의사 전염병 때문에 아무도 들어올 수 없어요.

구조자 그럼 먹는 건 어떻게 해결하시나요?

의사	소방관들이 바리케이드까지 가서 가져오지요.
구조자	다시 말하지만요, 바리케이드는 없었어요.
의사	이상하네. 아무튼, 나갈 때엔 보게 될 겁니다. 하지만 여기서 나간다는 건 꿈도 꾸지 마시라고.
구조자	뭐라고요? 여기서 나갈 수 없다니요? 난 할 일이 있어요. 책임지고 할 일이 있는걸요.
의사	그려, 그려…….
구조자	뭐가, 그려, 그려입니까?
의사	아무것도 아니에요. 당신은 이제 자살 바이러스에 감염되었어요. 여기서 나간다면 나라 전체를 감염시키게 될 겁니다. 전 세계를 감염시키겠지! 가서 소방관들이나 찾아보세요.
구조자	소방관들이 무슨 일을 하는데요?
의사	사망 선고.
구조자	아가씨는 안 죽었잖아요!
의사	그럼, 심문을 하겠지요.
구조자	소방관이?
의사	그렇지, 소방관이. 심문도 하고, 정신분석도 하고, 부검도 합니다. 소방관은 신과도 같아요.
구조자	어쨌든 그들이 여기서 나를 내보내줘야 해요.
의사	그럴 일은 없어요. 하지만 바리케이드가 없는 게 사실이라면…….
구조자	아무것도 없었어요.
의사	그럼 전부 다 숲에서 목을 매달았을 거야……. 아니면 차에서 가스 틀고 질식했거나…… 아니면 권

총으로…….

구조자 누구 이야기를 하는 겁니까?

의사 바리케이드 지키는 경찰들. 경찰들도 소방관들처럼 머리가 나쁘긴 하지만, 좀 더 예민하거든요.

구조자 착각입니다. 예민하다니요, 경찰들이?

의사 무슨 소리! 그들은 교양인이고, 순교자에다 잘 참고 죄의식도 느껴요. 애정도 결핍되어 있고요.

구조자 딱하네요. 그럼 바리케이드는 없다는 거네요! 남은 건 소방관들뿐이겠군요. 가서 그들을 찾아보겠습니다. 이 시간에 어디로 가야 만날 수 있죠?

의사 맞은편 술집에 있다니까요. 아까 말했잖아요.

구조자 이 시간에도 술집이 열려 있어요?

의사 항상 열려 있지요.

구조자는 몸을 숙여 여인을 사랑스럽게 바라본다.

구조자 꼭 천사처럼 자네요. 2분 뒤에 돌아와서 그녀와 함께 먼 곳으로 떠날 겁니다.

의사 그녀와 함께? 놀라 자빠지겠군.

구조자 그녀를 사랑합니다.

의사 아!

구조자 맞아요. 아무것도 나를 막을 수는 없어요.

의사 오, 사랑이여! 나도 역시 젊고 아름다운 시절이 있었지.

구조자 말도 안 돼요!

의사	다른 이들처럼. 그녀도 역시, 언젠가는…… .
구조자	한참 뒤에나 일어날 일이지요.
의사	시간이 얼마나 빨리 가는지 알잖아요!
구조자	소방관들을 찾으러 가겠어요. 찾아야 한다면.
의사	찾아야 하지, 찾아야 해.

구조자가 나간다.

제 2 장

의사, 구조된 여인

여인 그 멍청이는 나갔나요?

의사 응. 이제야 나갔어.

여인이 일어난다.

여인 내 잔도 있나요?

의사 물론.

의사는 구조자가 마셨던 잔에 술을 채워서 여인에게 건넨다. 두 여인은 마신다.

여인 마지막에는 선생님이 젊은 시절을 회상하면서 울음을 터트릴 거라 생각했는데.

긴 침묵이 이어진다. 여인은 잔을 들고 걸음을 걷는다.

여인	이런 걸 좋아하시나요?
의사	좋다고 생각해본 적 없어. 그저 있으니까 마실 뿐이야.
여인	와인 말고요. 이건 마실 수 있는 술이 아니라고요. 침묵 말이에요.
의사	일상적인 침묵?
여인	아니요. 우리의 이런 침묵.
의사	응. 좋아. 특히 어떤 침묵은 고급⋯⋯ 고급스럽거든.
여인	이제는 아니에요. 말 좀 반복하지 마세요!
의사	내가 말을 반복해서 더 이상 고급스럽지 않다는 건가?
여인	술잔이 비었어요.

여인이 와인을 따른다.

침묵.

여인	결국, 그렇게 되는 건가?
의사	뭐가?
여인	여기 머물 수 없는 거요, 영원히, 모두 다.
의사	맞아, 난 이제 가야겠다.

의사는 창문을 연다.

여인	밖에 재미있는 게 있나요?
의사	아니. 아무것도 없어. 밖이라고 재미있는 게 있을

리 있나?

여인   그럼, 창문 닫아요, 추워.

의사   추워? 지금? 여기가? 밖이?

여인   선생님 그 이상한 성격 지루해요. 항상 똑같아요.

의사   당신도 마찬가지야. 자 여기 내 달력 받아.

여인   어디에 쓰라고? 오늘이 며칠인지 알아보라고?

의사   오늘은 화요일이야.

여인   그게 무슨 상관인데요?

의사   아무 상관 없지. 하지만 필요할 거야. 기다리면서
        담배나 피워.

의사는 창문에 발을 디딘다.

여인   뛰어내려봐야 골절상만 입을 텐데.

의사   그게 걱정이야. 그렇게 높지가 않거든. 하지만 머
        리부터 떨어지면 어떨까?

여인   한번 해보세요.

의사는 창문에서 다이빙을 한다. 퍽 하며 떨어지는 소리가 들리
고 침묵이 이어진다. 여인은 잔을 채우고, 의사의 안락의자에 앉
는다.

여인   의사가 다이빙을 했네. 오늘은 화요일이고. 항상
        똑같아.

여인은 술을 마시고, 담배에 불을 붙인다.

여인   진짜로 다이빙을 하다니. 밖으로 갔어, 밖으로 빠
         져나간 거야. 인생은 항상 같은 식으로 끝이 난다
         니까.

소방관의 경고음이 들린다. 여인은 의사의 흰색 가운을 입는다.

제 3 장

구조된 여인, 소방관1, 소방관2, 구조자

소방관1과 소방관2가 들어온다.

소방관1 안녕하십니까, 의사 선생님.

소방관2 자살한 여자는요? 어디 있어요?

여인 방금 창문에서 뛰어내렸어요.

소방관1 이런! 살아나진 않았지요?

소방관2 진짜로 죽었나 가서 확인해봐야지.

소방관2가 나가고, 구조자가 들어온다.

구조자 소방관이 어디를 급하게 가는 건가요? 의사 선생님은 어디 있나요?

소방관1 저 사람이 의사 아닌가요?

구조자 아니에요, 저 여자는 내가 구한 사람이에요.

소방관1 이런! 그럼, 당신이 의사 선생인가요?

구조자 아니에요, 난 아니에요. 의사 선생님 어디 있나요?

소방관1 그럼 창문으로 뛰어내린 사람은 누구지?

구조자 누가 창문으로 뛰어내렸어요? 위험한 짓이야! 여
긴 3층이잖아요!

여인 뛰어내린 게 아니라, 다이빙했다고.

소방관1 다이빙? 누가 그런 짓을?

구조자 다이빙? 하지만……!

여인 그래, 맞아요! 난 이제 가야겠어. 내 집으로 돌아가
야지.

소방관1 '내 집'이란 건 이제 없어요.

구조자 잠깐, 잠깐만요. 난 당신을 책임져야 해요. 당신 생
명을 구했잖아요.

소방관1 어디 아팠나요?

여인 내가 아팠냐고?

구조자 아니에요, 밧줄을 내가 풀어줬어요. 내 주머니에
아직 그 밧줄이 있어요.

여인 그게 행운을 가져다줄 거야.*

소방관1 그건 당신 일이 아니야.** 사람들 목에서 밧줄을

---

* 'avoir de la corde de pendu dans sa poche(주머니에 목을 맨 밧줄을
가지고 있다)'라는 표현은 행운을 가진 사람을 지칭할 때 주로 쓰인
다. 15세기 한 소작농의 아들이 루이 11세의 포도밭에서 포도를 따
비 교수형에 처해지자 늙은 아버지가 이를 슬퍼하며 아들의 시체
와 함께 목을 맨 밧줄을 가져와 집 벽난로에 걸어두었는데, 다음 날
아침에 금밧줄로 변해서 이를 팔아 큰 부자가 됐다는 전설에서 유
래한 표현이다.

** Ce n'est pas dans vos cordes. 음악의 코드(corde)와 밧줄을 의미하
는 코드(corde)의 철자가 같다는 점을 이용한 일종의 언어유희이

254

	풀어주는 건 우리 몫이라고.
구조자	그래! 술집에서 술이나 퍼마시면서! 몇 명이나 구해줬어요?
소방관1	그건 그때그때 달라지죠. 언제 목을 매느냐가 중요해요.
구조자	의사 선생님은 어디로 갔어요?
여인	창문으로.
구조자	의사 선생님이 창문에서 뛰어내렸다고? 왜요?
여인	왜긴, 자살하려고.
소방관1	그럼, 그가…… 아니 그녀가, 그러니까 창문으로 뛰어내린 게 의사 선생이란 거요? 그럼 당신이, 당신이 목을 맨 사람이고.
여인	맞아요.
소방관1	그럼. 이제, 설득사를 찾아야 해요.
구조자	그게 누군데요?
소방관1	설득사. 설득하는 사람.
구조자	누가 누구를 설득하나요?
소방관1	저 여자. 그분이 저 여자를 설득할 거예요!
여인	뭘 설득하는데요?
소방관1	온갖 것들의 쓸모없음에 관해서. 죄송합니다. 자살에 관해서. 아니 반反자살에 관해서. 그래요, 반

다. 관용구 c'est dans mes cordes 는 '내가 코드를 사용해서 노래할 수 있다', 즉 '내가 그걸 할 수 있다'라는 뜻이다. 여기서는 부정문으로 쓰였으니 '당신이 그걸 하면 안 돼'라는 뜻이다.

자살. 더는 당신이 목매달지 않도록요.

구조자　　그 사람은 어디 있나요?

소방관1　　그 사람이 아니에요. 설득사라니까. 전에는 심리
학자였어요.

구조자　　심리학자는 이제 없다면서요.

소방관1　　그가 마지막 남은 심리학자예요. 우리가 설득사라
는 칭호를 붙여줬습니다.

제 4 장

구조자, 구조된 여인, 소방관1, 소방관2, 남자1, 남자2, 의사(시체)

소방관2가 들어오고, 들것에 의사를 싣고 남자1과 남자2가 따라 들어온다.

소방관2 거기 저 구석에 내려놔.

구조자 심하게 다치진 않았겠지요. 그녀를 구할 수 있겠지요.

여인 구할 수 없어. 다이빙했다니까.

남자1 머리부터 땅에 처박았어요.

두 남자가 들것을 대충 내려놓는다.

구조자 그래도…… 죽진 않았지요?

남자2 확실하게 제대로 죽었어요.

구조자 어쩌면 심장이 뛰고 있을지도. 심장이 뛴다면, 괜찮아질 거야.

구조자는 시체 위로 몸을 숙이고, 덮고 있던 시트를 들춘다.

구조자   하지만…… 머리 부분이 거의 다 없어졌네.

소방관1   그러니까, 자살한 사람이 의사란 말이지요?

소방관1은 서류 가방에서 서류 뭉치를 꺼내더니 책상 앞에 앉는다.

소방관2   (두 남자에게) 이제 가봐, 수고했어.

남자1   수고했어? 그게 다야? 그렇게 간단하게?

남자2   시체를 들고 3층까지 왔잖아요! 그런데 "이제 가봐, 수고했어"라니!

남자1   게다가, 저 여자가 얼마나 무거웠는데.

구조자   뭘 원하는 거죠?

여인   전이지, 뭐겠어.

구조자   돈을 원한다고요?

여인   그럼 뭐 다른 걸 원하겠어요? 그것 때문에 일하는 건데, 안 그래?

구조자는 두 남자에게 지폐를 한 장 건넨다.

남자1   고맙습니다, 선생님. 진짜 선생님이십니다.

남자2   고맙습니다, 선생님. 정말 보기 드문 선생님이십니다.

소방관2   설득사를 이리로 보내! 술집에 있을 거야.

남자1   그렇게 전하겠습니다.

남자2   올려 보내겠습니다.

　　　남자1과 남자2가 나간다.

제 5 장

소방관1, 소방관2, 구조자, 구조된 여인, 의사(시체)

소방관1   여기서 목을 자를까?

소방관2   뭐 하러 그래? 이미 거의 잘린 거나 마찬가진데.

소방관1   그럼 어떻게 하지?

소방관2   그냥 그대로 둬. 바쁠 것도 없잖아.

소방관1   도대체 의사가 왜 뛰어내린 겁니까?

여인   오, 전에도 나를 볼 때마다 그랬어요. 아, 이제 갈 래요.

구조자   안 돼요, 안 돼! 내가 당신을 책임져야 해요.

소방관2   설득사를 기다리셔야 해요.

여인   의무 사항인가요?

소방관2   보통은 그렇지요. 게다가 오늘 저녁은 달리 할 일 도 없고.

소방관1   기다리면서 보고서를 작성하자고.

소방관2   어떤 보고서?

소방관1   저 여자에 관해서. 죽지 않은 저 사람.

소방관2   보고서라면 환장을 하지. 저 여자는 스스로 목을 매달았고, 누군가 그 목에서 밧줄을 풀었다.

구조자 밧줄을 푼 게 나…….

소방관1 조용히 하세요. 질문 1. 동기는?

여인 뭐라고요, 동기?

소방관1 나도 몰라요. 여기 그렇게 쓰여 있어요. 동기. 동기
는 뭔가요?

여인 어떤 동기요? 구조의 동기?

소방관1 아니요. 목을 맨 동기요. 왜 목을 매셨냐고요?

여인 죽으려고 그랬지요.

소방관1 왜 죽으려고 했지요?

여인 지겨워서요.

소방관1 뭐가 지겨웠지요?

여인 소방관들이요.

여인은 잔에 술을 따르고 소파에 편하게 앉는다.

소방관1 저 여자가 우릴 모욕하려는 건가?

소방관2 상관없어.

소방관1 맞아. 어쨌든 보고서에는 내 마음대로 쓸 거니까.

여인 그 보고서는 누구에게 보내는 거지요?

소방관1 조사관에게요. 난 그저 칸만 채우는 겁니다.

소방관2 항상 똑같지.

소방관1 그래, 항상 똑같지. 지겨워.

소방관2 지겨워, 지겹지. 그거 꼭 안 해도 되잖아.

소방관1 안 해도 된다고? 말이야 쉽지.

소방관1은 적고, 소방관2는 어깨를 으쓱하면서 구조자에게 묻는다.

소방관2   어디서 떨어지신 겁니까, 선생?

구조자   난 떨어지지 않았어요.*

소방관2   그야 물론이지요. 어디서 오셨냐고요?

구조자   말 잘하셨어요. 이 더러운 촌구석에서 나가고 싶어요.

소방관2   그건 가능하지 않습니다.

구조자   아니 왜요?

소방관2   불가능하니까요.

구조자   일이 어떻게 돌아가는지 잘 보이네요.

소방관2   선생은 아무것도 못 본다고요.

구조자   아니 보여요. 그녀 말이에요. 다른 건 아무것도 볼 수 없지만, 그녀만은 보여요.

소방관2   별거 아니에요. 저 여자는 단지 환상일 뿐이에요.

구조자   그녀에게 환상 같은 느낌은 없어요.

소방관2   아, 느낌, 그런 건 이 사건에는 중요치 않아요.

구조자   어떤 사건?

소방관2   매우 특별한 사건.

---

*   'Vous tombez d'ou, vous(어디서 떨어지신 겁니까)?'라는 표현에는 '어디에서 왔냐'는 뜻이 담겨 있는데, 구조자가 이 상황을 직접 받아서 'Je ne tombe pas(난 떨어지지 않았어요)'라고 하는 일종의 언어 유희라 할 수 있다.

제 6 장

소방관1, 소방관2, 구조자, 구조된 여인,
의사(시체), 설득사

설득사가 들어온다.

설득사   안녕하십니까, 제가 왔습니다. 제가 필요하시다고
             요?

소방관2   오래 걸리셨네요. 오늘 결근이셨나요?

설득사   결근은 아니고, 다른 곳에 있었습니다.

소방관2   왜 다른 곳에 있었나요?

여인   화요일이니까요.

설득사   화요일인지 몰랐어요. 그랬나요? 고맙습니다.

구조자   무슨 소린지. 화요일이 어쨌다는 거지요?

여인   수요일 전의 마지막 날. 알겠어요?

설득사   게다가, 전 아픈 사람이에요.

소방관1   저분은 항상 아픕니다. 특히 여기가요, 그렇지요?
             머리가 아프시죠.

설득사   인간이 항상 아플 수는 없어요, 악플러.1

소방관1	악플러? 나보고 하는 말입니까?
설득사	아니에요, 그저 라임을 맞춘 거예요.
소방관1	날 엿 먹이려고? 라임이라니.
소방관2	자, 자. 여기 살아난 사람이 있어요, 당신 몫입니다.
설득사	섹스?
소방관1	맨날 섹스 타령이야. 그것만 관심이 있다니까.
설득사	구조된 사람의 섹스, 성별이 뭐냐고요?
소방관2	보면 모르시겠어요?
설득사	안 보여요. 다행스럽게도.
소방관2	여성.
설득사	미혼인가요?
소방관2	그럴걸요.
설득사	정확해야 해요. 난 심각하게 일하는 중입니다! 난 책임감을 느낀다고. 당신들이 나를 설득사로 임명했으니, 결과를 받아들이세요. 결과는 매우 심각할 겁니다. 소방관 나리들, 매우 심각해. 내 말은 즉…….
소방관2	됐으니 그만하세요!
소방관1	저 인간 무슨 말을 하는 거야?
소방관2	기혼인가요, 미혼인가요, 아가씨?
여인	미혼이에요.

---

* On ne peut pas tout le temps n'être pas malade, marmelade. 아프다는 뜻의 malade와 잼을 뜻하는 marmelade, 두 단어로 라임 (rhyme)을 맞춘 것이다.

설득사	확실해요?
여인	네, 맞아요.
구조자	딱 맞아떨어지네. 나도, 나도 미혼입니다.
설득사	당신하고 말하는 게 아니잖아요. 가만히 좀 계세요. 부모님은?
여인	다른 사람들과 마찬가지죠.
설득사	뭐가, 마찬가지예요?
여인	아버지, 어머니가 있다고요.
설득사	그럼 성신聖神은?* 아니지, 그건 다른 거지. 자살 동기는?
여인	몰라요.
구조자	혹시…… 전염병……일 수도.
설득사	또 당신이군! 모든 걸 전염병에 떠넘길 수는 없어. 게다가, 왜 전염병이 생긴 거지요? 그건 매우 복잡한 문제라고. 아무도 그 문제에 답을 할 수가 없으니, 간단히 처리하는 겁니다. 동기 불명. 이렇게 여기 책에 쓰여 있잖아요.

설득사는 주머니에서 책을 꺼내어 책장을 넘기면서 주저하듯 읽는다.

| 설득사 | 절망하지 말지어다. 인생은 행복의 근원이니. 행복은 모두에게 가깝게 있는 것. 인생을 취하라. 너 |

---

* '바로 앞 대사의 '아버지'를 삼위일체의 '성부'로 받은 언어 유희이다.

희는 젊고, 미래는 너희에게 있느니라. 시간은 모든 상처를 아물게 한다. 한겨울이 가면 봄이 온다네. 모든 병은 각기 치료법이 있다. 모두 행복해질 수가 있느니. 너희는…… 사회에…… 자리를…… 잡고…… 의무를…… 다하라. 계획을 세우고, 목적을 가지고…… 성공을 위해…… 싸우고…… 자신을…… 믿고…… 낙관주의자가…… 성공하리라. 부록, 페이지 84.

설득사가 책을 뒤적인다.

설득사 여기 있네. 부모님을 생각하라. 그들에게 깊은 걱정을 끼치지 마라.

소방관2 그게 다인가요?

설득사 이걸로도 충분하지 않나요?

소방관2 들으셨나요?

여인 오! 그거! 들었죠! 벌써 여러 번…….

설득사 자 그럼! 설득되셨나요?

여인 어떻게 설득이 안 되겠어요?

소방관1 보고서는 직설적인 답변을 요구합니다.

여인 완전히 설득되었습니다.

소방관1 어떻게?

여인 여러분이 원하시는 방식대로.

소방관1 그럼, 됐어요.

소방관2 이제 가서도 됩니다.

여인	어디로?
소방관2	원하는 곳으로.
여인	숲으로 돌아가도 되나요?
구조자	안 돼요. 도대체 왜 그러는 겁니까? 이제부터 제가 당신을 감시하겠어요.
여인	내 밧줄 돌려주세요!
구조자	저 여자 미쳤나 봐요!
여인	내 밧줄 아닌가요?
설득사	맞아요, 그녀 밧줄입니다!
구조자	난 당신을 책임져야 해요.
설득사	본인이 대단한 사람인 줄 아는 모양이야.
구조자	자, 떠납시다.
여인	어디로?
구조자	어디든. 여기서 먼 곳으로.
여인	뭐 하려고요?
구조자	재미있는 것들은 많이 있습니다. 예를 들면, 당신과 키스하거나.
여인	우린 서로 누군지도 모르잖아요.
구조자	사랑합니다!
여인	그렇게, 갑자기, 번갯불에 콩 볶듯이?
구조자	네. 그리고 영원히 사랑합니다.
여인	(가능하다면 노래로) 그리고 영원한 사랑은 날아갈 거야 며칠 안에 몇 달 안에 몇 년 안에, 그리고 다른 사랑이 올 거야

어딘가에서, 아무 곳에서, 그리고 다른 곳에서
그리고 인생이, 바람이 노래하고 사랑이 노래하네
시간이, 고통이, 죽음이 쫓아오고
영원은 지나가고, 사랑이 지나가고
시간이 지나가고, 인생도 지나가네

시간은 영원과 숨바꼭질하고
구름은 태양과 숨바꼭질하며
연인들은 자신의 뛰는 가슴과 숨바꼭질하고
인생은 사랑과 숨바꼭질하네
그리고 인생이, 바람이 노래하고 사랑이 노래하네
시간이, 고통이, 죽음이 쫓아오고
영원은 지나가고, 사랑이 지나가고
시간이 지나가고, 인생도 지나가네.

구조자 가실까요, 내 사랑.

구조자와 여인이 나간다.

제 7 장

소방관1, 소방관2, 설득사, 의사(시체)

소방관1이 울면서 노래하려고 애를 쓴다.

소방관1 그리고 인생이 노래하고…… 사랑이…… 영원이…… 날아가고…… 고통이…… 죽음이……. 아름답고, 슬프고, 대단한 노래야.

소방관2 너 미쳤니?

설득사 감염된 거예요.

소방관1 감염? 내가? 말해보세요 그럼, 설득사 양반!

설득사 그럼.

소방관1 뭐라고요?

설득사 지금 나한테 그럼 말해보라고 해서, 그럼이라고 말한 겁니다, 그럼.

소방관1 이 양반이 날 미치게 하네.

설득사 두말하면 잔소리입니다.

소방관2 설득사 양반! 그 여자에게 대단한 걸 말한 건 아니잖아요.

설득사   동기 불명에는 그 이상 할 게 없죠. 여기 책에 있는 게 다예요. 이제 빨리 여길 떠나야겠어요. 다른 곳을 찾아야 해요.

소방관1   됐어요. 선생의 떠나겠다는 말도, 다른 곳도 그리고 선생의 그 화요일 타령도 지긋지긋하다고요.

설득사   목요일도 있어요. 하지만 화요일보다는 적지요.

소방관1   적다고? 화요일보다?

소방관2   그냥 둬. 넌 항상 잘 처리하잖아.*

설득사   그 사람은 항상 걷지는 않아요. 가끔씩 앉기도 하고, 서기도 하고, 눕기도 하고, 또…….

설득사가 시체를 발견한다.

설득사   어라, 이 여자 또 다이빙한 거야?

소방관1   이제 신경 쓰이세요?

설득사   신경 쓸 게 생기면, 편지할게요. 이따 봐요! 그 사람, 그 구조자를 잡아야 해요.

설득사가 나가려고 하는데, 구조자가 구조된 여인과 함께 들어온다.

---

*   Tu marches toujours. 중의적인 의미가 있다. 항상 걷는다는 뜻으로 생각할 수도 있어서, 설득사가 다음 대사에서 "항상 걷지는 않아요"라고 받는다.

제 8 장

소방관1, 소방관2, 설득사, 의사(시체),
구조자, 구조된 여인

여인　　그냥 두세요! 제발 날 좀 괴롭히지 마세요!

구조자　안 돼요, 아가씨를 그냥 둘 수 없어요. 내가 같이
　　　　있는 걸 그녀가 원치 않네요.

설득사　그럼, 같이 있지 마세요.

구조자　이 여자를 책임져야 해요. 그녀의 생명을 구했으
　　　　니까요.

설득사　그래서요? 선생이 유일하지는 않아요.

구조자　그녀가 두 번이나 자살하게 할 수 없어요.

소방관2　다시 자살하지 않을 겁니다. 설득사에게 설득됐으
　　　　니.

구조자　다시 목매겠다고 했다고요.

여인　　그저 저 남자 괴롭히려고 한 말이라고.

소방관1　설득사 양반, 이건 선생 잘못이야. 저 아가씨를 설
　　　　득하지 못했으니까.

설득사　들어보세요. 당신은 오이디푸스 콤플렉스가 있는

겁니다. 다른 사람들처럼 항상 미워했던 당신 아
버지를 나와 혼동하는 거라고요. 그리고 내가 당
신보다 우월한 힘을 가졌다고 생각하니까 당신의
콤플렉스를 나에게 투사하는 건데.

소방관1 뭐라는 거야?

소방관2 원래 심리학자잖아. 그동안 쌓인 게 많은 거지.

소방관1 지겨워. 저 인간을 어떻게 하면 좋지?

설득사 아까 읽은 걸 다시 읽어드리지.

설득사는 책을 뒤적인다. 그 뒤에서 두 소방관이 음모를 계획한
다. 소방관1이 권총을 들어 올리자, 소방관2가 안 된다는 신호
를 한다. 소방관1이 경찰봉을 들어 올리자 소방관2가 허락하는
신호를 한다.

소방관2 하지만 깨끗하게 처리해야 해, 알았지?

설득사 절망하지 말지어다. 인생은 행복의 근원이니. 시
간은 모든 상처를 아물게 한다. 한겨울이 가면 봄
이…….

소방관1이 경찰봉을 들어 올린다.

소방관1 지금 시작할까?

소방관2 필요악이야. 어쩔 수가 없어.

소방관1 무슨 뜻이야?

구조자 뭘 하시려는 겁니까?

소방관2　　지금이야!

설득사　　……모든 병은 각기 치료법이 있다. 모두…….

소방관1이 내려친다. 설득사는 쓰러진다.

소방관2　　뻗었나?

소방관1　　날 믿어.

구조자　　살인자……들!

여인　　아니야. 소방관들이라고.

소방관1　　목을 자를까?

소방관2　　내일 하자. 한구석에 처박아두자고.

소방관1　　처박아, 처박아…… 이게 무슨 짐짝도 아니고.

소방관2　　내가 언제 짐짝이라고 했나. 저 구석으로 끌고 가.

소방관1이 설득사를 의사 옆으로 끌고 간다.

구조자　　내 눈을 믿을 수가 없어! 가요. 내 차를 타고 떠납시다.

여인　　당신 집으로 가는 거지요?

구조자와 여인이 나간다.

제 9 장

소방관1, 소방관2, 말라바인, 남자1, 남자2, 시체들

말라바인이 어깨에 남자1과 남자2를 둘러메고 들어온다.

말라바인 이 두 놈이······.

남자1,2 안녕하십니까, 여러분.

말라바인 이놈들이 당신들 조수 맞나요?

소방관1 그렇게 볼 수도······.

소방관2 그렇게 말할 수도 있지요.

말라바인 해결하셔야 할 일이 있습니다.

소방관2 또 무슨 짓을 한 거야?

말라바인 내 가게를 난장판으로 만들어놨어요.

소방관1 보고서를 쓸게요.

소방관2 피해 보상 받으실 거예요. 우리가 처리할게요.

말라바인 그래주셨으면 합니다. 그렇지 않으면, 가게 문 닫아야 해요. 술집이 없으면, 마을도 없는 거잖아요. 맞죠?

소방관2　맞습니다.

말라바인　믿겠습니다. 소방관들은 항상 좋은 손님이셨으니까. 그럼 믿을게요. 하지만 빨리 처리해주세요. 청구서 보내드리죠. 더 이상 입씨름은 안 하겠습니다. 맞죠?

소방관2　맞죠. 다 맞죠. 진정하세요. 금방 다 해결해드릴게요.

소방관1　보고서 쓸까?

소방관2　쓰고 싶으면…….

소방관1　쓰고 싶지.

말라바인　보고서…… 내가 할 일은…… 곧 돈 찾으러 다시 오겠습니다.

소방관2　알았어요, 알았어.

말라바인이 나간다.

제 10 장

소방관1, 소방관2, 남자1, 남자2, 시체들

소방관2 술집에서 무슨 일이 있었어?

남자1 아, 술 한잔 마셨지요.

소방관2 한 잔?

남자1 아, 두세 잔이요.

소방관2 누가 술값을 내줬나?

남자1 우리가 냈어요. 20프랑이 있었으니까.

소방관2 누가 그 돈을 줬는데?

남자1 잘 아시잖아요. 그 계집애와 같이 돌아다니던 남
자가 줬어요.

소방관2 영혼의 구조자가? 그러면 안 되는 건데. 20프랑은
큰돈인데. 특히 너희에겐 너무 많은 돈이야.

남자2 시체들을 실어 나르기 시작한 뒤로…… 우린 한 푼
도 못 받았어요.

소방관2 그 얘기는 나중에 하고. 그럼, 세 잔을 마셨다는 거
지. 세 잔째 이후엔 무슨 일이 벌어진 거지?

남자1 그래도 10프랑이 남았었어요.

남자2   우린 나눠 가지려고 했어요. 동전으로 바꿔야 했
기 때문에, 다시 한 잔을 주문했어요.

남자1   그리고 다시 한 잔 더 시켰어요. 왜냐하면 첫 번째
술에서는 코르크 냄새가 났거든요. 입에다 나쁜
냄새를 담은 채 떠날 수는 없잖아요. 두 번째 잔은
코르크 냄새가 안 났어요. 그래서, 세 번째……

사이

소방관1   계속해!

남자1   계속할 수가 없었어요. 돈이 없었어요.

소방관2   그래서 무슨 짓을 했지?

남자2   저놈이 내 얼굴에 술잔을 집어 던졌어요.

남자1   저놈은 의자를 들어서 내 머리를 내려쳤어요. 여
기 혹이 났어요, 보세요.

남자2   그다음에, 우리는 닥치는 대로 집어 던지고 부수
고 했어요!

남자1   맞아! 끔찍했지!

소방관1   누굴 상대로?

남자1   누굴 상대하다니?

소방관2   술집에 누가 또 있었냐고?

남자1   그런 것 같진 않아요. 내 기억에는 아무도 없었어
요. 주인만 빼고. 그 사람은 우리를 안 말렸어요.

제 11 장

소방관1, 소방관2, 남자1, 남자2, 시체들,
구조자와 구조된 여인

구조자가 여인과 함께 들어온다.

여인 정말 귀찮은 인간이야. 내 인생을 다 말해달라고
졸라대니.

구조자 정말 사랑스럽군요. 그리고 날씨는 변하고요. 구
름 걷힌 하늘에 커다란 달이 있어요. 그리고 그 달
은 점점 줄어들어요.

여인 달은 커지거나 줄어들거나…….

여인이 잔을 채우고 마신다.

구조자 너무 많이 마시지 마세요. 건강에 해롭습니다. 그
리고 그 와인은 정말 나쁜 술이에요.

남자1 정말 나쁜 술이란 건 존재하지 않습니다.

여인 그게 당신하고 무슨 상관이야? 당신 차를 타고 어

서 꺼지라고.

여인이 와인 두 잔을 남자들에게 건넨다.

구조자   아, 그래! 내 차! 내 차를 못 찾겠어요.

소방관1   어떤 차요?

구조자   내 차요. 여기 와서 바로 집 앞에 주차했어요. 한데 없어진 겁니다.

소방관2   우린 모르는 일입니다.

구조자   차를 찾아야만 해.

소방관2   아무도 선생을 방해하지 않습니다.

구조자   차 찾는 걸 좀 도와주시지 않겠습니까?

소방관2   그런 일에 신경 쓸 틈이 없어요. 우린 다른 할 일이 산더미거든요.

소방관1   전염병을 처리해야 합니다.

소방관2   선생과 선생 차는 사적인 일입니다. 우린 소방관 이라 사적인 일에는 전혀 관여하지 않습니다.

소방관1   원하신다면 보고서는 작성해드릴 수 있습니다.

소방관2   그래. 그놈의 보고서 백 번이고 천 번이고 써라. 그건 저 사람 자동차야! (구조자에게) 이거 미친놈 아 닌가요?

구조자   알았어요. 다시 찾아봐야겠어요. 같이 가시겠습니까, 아가씨?

여인   오늘은 너무 많이 걸었어.

구조자   다시 오겠습니다. 여기서 기다려주세요.

여인   물론. 당신을 기다리겠지. 손톱이나 물어뜯으면서.

구조자가 나간다.

제 12 장

소방관1, 소방관2, 남자1, 남자2, 시체들, 구조된 여인

소방관2   (두 남자에게) 너희가 입힌 피해를 보상하기 위해서…….

남자1   우리가 어떻게 하면 좋을까요?

남자2   분부만 내리세요.

소방관2   술집에 돌아가서, 진한 커피를 한 잔 마시고, 그리고 이걸 받아.

소방관2가 두 남자에게 권총을 내민다.

남자1   이걸로 계산하라고요?

남자2   왜 안 돼? 그 부속만 해도 200프랑은 족히 나갈 텐데.

소방관2   그게 아니야. 이걸로 쏘라고.

남자1   어디에? 벌써 다 때려 부쉈는데요.

소방관2   물건을 쏘라는 게 아니야. 사람을 쏘라는 거지.

남자2   아무도 없는데요.

소방관2   주인이 있다며?

남자2   하지만 주인은 그렇게 나쁜 사람이 아닌데요.

소방관2   그럼 너희가 손해 배상해. 술병, 잔, 의자, 거울…….

남자1   우린 돈이 없어요.

소방관2   그래서 권총을 주는 거야.

소방관2가 그들에게 다시 권총을 내밀지만, 두 남자는 뒤로 주
춤 물러난다.

남자1   어떻게 사용하는지도 몰라요.

소방관1이 권총을 집는다.

소방관1   어렵지 않아. 여길 당기면 돼. (총소리가 난다.) 죄
송합니다. 제가 누군가를 깨웠나요?

설득사가 일어난다.

설득사   그래요, 날 깨웠어요. 담배 하나 있나요?

소방관1이 그에게 담배를 건네고 불을 붙여주다,

소방관1   목을 자르지 않으면 무슨 일이 일어나는지 보라고.

소방관2   제대로 죽이지 않으면 무슨 일이 일어나는지 보라

고. 너희 둘은 가서 그 권총으로 빚을 해결해. 하지
만 그 전에 뭔 움직이는 게 또 있는지 마을을 한 바
퀴 돌아봐.

설득사   움직이는 건 아무것도 없어요, 내 말을 믿으세요.

제 13 장

소방관1, 소방관2, 남자1, 남자2, 시체들,
구조된 여인, 구조자

구조자가 넋이 나간 채로 들어온다.

구조자 더 이상…… 더 이상…… 마을이 없어……. 집이 없어……. 아무도 없어……. 어떤 곳도…….

여인 자동차 찾았나요?

구조자 내 차요? 아니요, 못 찾았어요. 아무것도 못 찾았어요! 남은 건 이 집뿐이에요.

소방관2 술집은?

구조자 그래, 술집은 있어요. 술집 말고는 아무것도, 아무것도 없어요. 아무것도!

여인 드디어 미쳤군.

구조자 그래, 미친 거야! 집도 없고, 나무도 없고, 넌닉노 없이 포클레인으로 다 밀어서 평평해진 벌판을 보라고!

설특사 진정해요! 산업 단지 처음 보나요?

구조자 당신들 다 미쳤어, 미치지 않고서야. 미친놈, 살인
자, 백정!

소방관2 알았어요. 알았으니, 조용히 해요! 그럼, 너희 둘은
가서 술집을 해결해. 그리고 다른 뭔가가 있나 마
을을 한번 둘러봐.

남자1 만일 다른 뭔가가 있으면 어떻게 하지요?

소방관1 여길 당겨.

소방관2 손대지 마! 다른 사람마저 깨우려고.

의사가 일어난다.

의사 숙취가 대단한걸. 머리가 깨질 것 같아. 그 싸구려
와인 더 없어?

의사가 술병을 발견하고, 병째 마신다.

소방관2 거봐!

소방관1 하지만 난 방아쇠 안 당겼어.

소방관2 결과는 마찬가지야.

소방관1 목을 자르지 않아서 그래.

소방관2 자, 어서 가. 권총 챙기고, 내가 시킨 대로 해.

소방관2가 남자1에게 억지로 권총을 쥐여준다.

남자1 이런 건 내 취향이 아니야. 재미없어.

남자2   시체를 옮기는 일은 괜찮아. 하지만 이건······.

설득사   왜 갑자기 약한 척들이야? 어서 나가!

    설득사는 두 남자를 출구 쪽으로 떠민다. 두 남자가 나간다.

제 14 장

소방관1, 소방관2, 의사, 설득사, 구조자, 구조된 여인

설득사 (소방관1에게) 당신!

소방관1 네!

설득사 그 작은 폭탄 들어. 그걸 술집에 던져. 그 두 놈이
안에 있을 거야. 물론 술집 주인도.

소방관1 분부대로!

소방관1은 폭탄을 들고 나간다.

소방관2 저는요, 저는 뭘 할까요?

설득사 당신은 더 이상 필요한 것 같지 않아. 고마웠어.

설득사는 권총으로 소방관2를 쏘아 넘어트린다.

의사 목을 여기서 자를까?

구조자만 빼고 모두 미친 듯이 웃는다.

구조자	이건 말도 안 돼!
여인	물론 말도 안 되지. 다른 소방관은?
설득사	폭탄과 함께 튀어 오르겠지.
여인	그럼, 다 끝났군.

여인은 사라지고, 설득사는 편히 앉는다.

설득사	이제 헬리콥터가 도착하기만 하면 되는 거야.
구조자	나갈 수가 있나요?
설득사	물론이지요. 무슨 생각 했어요?
구조자	여기서 벌어진 모든 것……과 함께…… 모르겠어요……. 악몽일 거예요.
의사	수많은 악몽 중 하나지, 하나.
구조자	악몽일 거예요. 만일…… 그녀, 그녀는 어디에 있나요? 그녀는 떠났나요?
설득사	누구를 말하는 거지요, 불쌍한 청년?
구조자	제가 구조한…… 그 아가씨요……. 여기 있었던…….
의사	하하하! 히히히! 나를 말하는 건가?
구조자	아니요, 선생님 말고요! 젊은 아가씨요!
설득사	환상을 봤었나 봐.
구조자	환상이 아니었어요. 그녀 머리칼도 만졌어요……. 그 푸른 눈, 지금도 보여요…….
의사	꼭 내 눈처럼?
구조자	아니에요! (사이) 맞아요, 약간은 선생님 같긴 했어요. 그녀는 어디에 있나요?

의사	여기 있어. 아름답지 않나, 내 푸른 눈?
구조자	아니라니까요. 아름답지 않아요.
의사	하지만 다 같은 눈이야. 눈만 그대로야. 머리는 회색이 되었고, 얼굴은 쭈글거리고, 몸매는, 더 말을 말자고.
설득사	설명을 들어보니 맞는 것 같은데.
구조자	절대로 아니에요! 그 여자 어디에 있어요?
의사	난 여기 있어. 다른 사람은 없었어.
구조자	찾을 거야. 다시 찾고 말겠어. 함께 떠날 거야. 이 미친 세상을 떠날 거라고.
설득사	그게 바로 우리가 할 일입니다. 우리와 함께 헬기를 타시면 됩니다.
구조자	그녀 없인 안 돼요.
설득사	여기 있잖아요. 약간 늙었을 뿐이라고요.
의사	멀리 가진 않을 거야. 옆 마을까지만 갈 거야.
구조자	뭘 하려고요?
설득사	전염병을 퍼트리려고요. 선생이 그 연결고리의 첫 번째가 되는 겁니다.
구조자	어떤 연결고리요?
의사	자살. 정말 아무것도 이해 못 하는 거야?
구조자	몰라요. 아무것도요.
설득사	우리는 선생 같은 감염자를 데리고 이 마을에서 저 마을로 가는 거예요. 그러면 그 감염자는 바이러스를 모두에게 퍼트리죠. 그리고 아무도 남지 않으면 마을을 싹 쓸어버리는 겁니다. 간단하지요.

구조자 하지만…… 왜 그런 짓을?

설득사 장소가 필요하니까요. 공장도 짓고, 도로도 놓아
야 하고, 모든 건물의 기초를 세워야 하니까요.

의사 헬기가 곧 도착할 거야.

설득사 미안해, 자기야. 헬기에는 두 자리밖에 없어.

의사 무슨 말이야?

설득사 당신은 너무……. 해고야. 우린 더는 선생이 필요
없어. 협조해줘서 고마웠어.

설득사는 권총으로 의사를 쏜다. 의사가 쓰러진다.

제 15 장

설득사, 구조자, 남자1, 남자2, 구조된 여인

남자1과 남자2가 들어온다.

남자1 안녕하십니까, 여러분.

남자2 방해해서 죄송합니다.

설득사 이게 어찌 된 일인가?

남자1 뭐가요, 선생님?

설득사 당신들이 여기 있는 것 말이야.

남자2 우린 프로그램에 원래 없었나요?

설득사 음…… 빚진 건…… 다…… 해결했나?

남자1 우리가 아니고요. 소방관이 했어요. 폭탄을 술집에 던지더라고요.

설득사 당신들은 술집 안에 없었어?

남자2 없었지요. 시킨 대로 성실하게 마을을 한 바퀴 돌았지요.

설득사 그럼, 술집 주인만 날아간 건가?

남자1 폭탄을 던진 소방관도. 잘 못 던지더라고요. 폭탄과 함께 날아갔습니다.

구조자　　그럴 줄 알았어. 자살 폭탄이었네.

설득사　　당신들은?

남자1　　우리요? 우린 보고만 있었지요. 재미있던걸요.

설득사　　뭔가 이상하게 돌아가지만, 상관없어. 우린 헬기 타고 갈 거니까.

남자2　　어떤 헬기요? 착륙하려고 했던 헬기요?

설득사　　헬기를 봤나? 어디 있지?

남자1　　구덩이에 있어요. 못 쓸걸요.

설득사　　그게 무슨 소리야?

남자1　　움직이는 건 모두 다 쏘라고 권총을 주셨잖아요. 헬기가 움직이더라고요.

남자2　　더 이상 움직이진 않아요. 우리가 다 부쉈으니까.

설득사　　헬기를 다 부수었다고!

남자2　　그게 움직였어요. 우리는 방아쇠를 당겼지요. 조종석의 사람들에게도……. 모터에도…….

설득사　　너희가 다 파괴했다고?

남자1　　꼭 오리처럼 날더라고요. 진짜 재미있던데요.

설득사　　바보 새끼들!

남자2　　그런 말 항상 듣지요……. 오랫동안 들었지요. 지겨워요. 가볼게요.

남자1　　생각해보니 여기서 밀 더 이상 할 게 없어요. 옮겨야 할 시체도 없고, 술집도 없어요.

구조자　　혹시…… 어딘가에서…… 젊은 아가씨…… 못 봤나요?

남자2 휴우…… 이런 안개 속에서…… 어떻게요…….

구조자 안개가 꼈나요, 지금?

남자1 달도, 별도 안 보여요.

남자2 그래도 권총은 여기 놓고 갈게요.

남자2는 권총을 구조자 앞에 던지고, 구조자는 권총을 집어 올려 바라본다. 여인이 무대 안쪽에서 나타난다. 여인은 미소를 짓는다.

설득사 그래, 두 사람은 어디로 갈 건가?

남자1 들판을 건너고, 안개를 뚫고 앞으로 쭉 갈 거예요.

설득사 걸어서?

남자2 항상 똑같지요. 맨발로 걸어서요.

두 남자가 나간다. 구조자는 여인을 바라본다.

여인 어서…… 와……. 이리로…….

구조자 네.

구조자는 권총을 서서히 들어 올려 자신의 가슴에 쏜다. 권총을 떨어트리고, 팔은 여인을 향한 채 전진한다. 둘은 서로 꽉 껴안는다.

설득사 그럼 나는?

불도저 소리가 들린다.

설득사   불도저가 도착했어!

소리가 점점 커진다.

설득사   (문을 열면서 어둠 속에서 외친다.) 멈춰요! 멈춰!

굉음과 함께 밤이 된다.

여인   잘 자라, 살아 있는 자들아!

막

길

먼 미래의 어떤 시대라고 상상하자.
땅은 모두 콘크리트로 덮여 있고, 길밖에 없다.
다른 것은 존재하지 않는다.
사람들은 길에서 태어나고 길에서 살아간다.
그들은 차가 순환하며 운행하도록 건설된 길을 걷는다.
자동차는 오래전부터 움직이지 않는다.
그저 버려진 고물일 뿐이다. 사람들은 그런 자동차들을
'피난처'라고 부른다. 인류는 원시시대로 돌아가버렸고,
문명의 시대는 그저 '전설'로만 알려져 있다.
전설은 태양, 별, 땅, 진흙, 꽃, 풀, 나무, 그리고
집들을 이야기한다.
미신일까, 사실일까? 어떤 이들은 사실이라 믿고 있다.
또 다른 어떤 이들은 태초부터 지구는 콘크리트와
안개로 뒤덮여 있는 거라 생각한다.
의문점들은 다음과 같다. 이 길들은 어디로 이어지는가.
끝이 있는가. 방향 표지는 왜 있는 걸까.
우리는 왜 걸어야 하는가. 출구는 있는가.
이 길들은 실제인가, 허구인가.
하지만 안심하시라. 지금으로서는 모든 것이 악몽일 뿐이다.
한 '도로 건설업자'의 악몽.

✳

등장인물

남자

여가수

정원사

엄마

아기

화가

무용수

학자

슬퍼하는 여인

즐거워하는 여인

청개구리 씨

소녀

소년

할머니

미친놈

목소리1

목소리2

목소리3

1번

2번

3번

4번

5번

야수들

제 1 장

자동차 도로가 있다. 그리자유* 같은 무대. 교차로, 갈림길, 터
널, 지워진 교통표지판, 부서지고 버려진 자동차들이 있다. 그림
자들이 돌아다닌다. 정장을 입은 남자가 오른쪽에서 들어온다.
남자는 빈 물통을 들고 걷는다.

목소리1　(시종일관 중얼거린다.) 연…… 연…… 연…….

목소리2　(무대 밖에서 들린다.) 연료가 바닥이 났다.

왼쪽에서 표지판 두 개가 켜진다. 하나에는 "모든 방향으로"라고
쓰여 있고, 다른 하나에는 "다른 방향으로"라고 쓰여 있다.

남자　멍청한 짓이야. 멍청하기 이를 데 없어. 어떻게 하
면 되는 거야?

길을 잃고 허둥대다가 멈춰 서서 물통을 떨어트리고는 도로변에

＊　　Grisaille. 회색 및 채도가 낮은 한 가지 색으로만 이루어진 단색화
　　이다. 특히 르네상스 시대의 화가들이 입체감을 나타내기 위하여
　　많이 사용했다.

앉는다.

목소리1 걸어……. 걸어……. 절대로 멈추지 마. 멈추면 위험
　　　　　해……. 앉으면 위험해……. 걸어……. 걸어…….

목소리2 주차등 미점등 시 도로변 정차 절대 금지.

남자 더는 못 걷겠어. 여기서 기다릴 거야. 언젠가는 자
　　　　동차가 한 대라도 지나가겠지.

목소리1 자동차라고? 그게 뭔데?

남자 아이고, 머리야! 샴페인을 너무 마셨나 봐! 숙취
　　　　때문에 죽겠네. 하지만 뭐 어때! 내 프로젝트가 채
　　　　택됐잖아! 정말 엄청난 프로젝트야! 다리, 터널,
　　　　교차로, 갈림길, 고가도로, 출구, 입구, 직선 도로,
　　　　곡선 도로, 모든 것이 완벽해. 이보다 더 정교하고
　　　　더 값진 건 없을 거야. 정말 대단해!

제 2 장

얼룩덜룩한 누더기를 입은 여가수가 들어온다. 여가수는 노래하
면서 말한다.

여가수 그렇게 젊은데, 그렇게 젊은데, 벌써 지친 건가? 그
렇게 젊은데, 그렇게 젊은데, 벌써 다 죽어가는가?

남자 (일어서면서) 부인! 부인께서도? 고장인가요? 아님
더 심각한가요? 교통사고인가요?

여가수 당신, 죽은 게 아니었나요? 하지만 너무 배고프다.
빌어먹을. 잘 있어요. 길이나 계속 가야지.

남자 부인, 잠깐만요! 어디로 가시나요?

여가수 길이 이끄는 대로. 직진, 항상 앞을 향해서.

남자 여기서 저하고 함께 기다립시다.

여가수 기다리다니? 왜 기다려?

남자 주유소도, 비상전화기도, 모텔도, 출구도 발견 못
하고 이 길을 몇 시간이고 걷기만 할 거예요.

여가수 아, 출구를 찾고 계신가? 출구를 찾는 사람들이 패
되지. 하지만 난 아니야. 난 노래할 거야. 다른 건
필요 없어. (말하는 목소리로) 원하면 가르쳐드리

지. 출구는 존재하지 않습니다! '출구'라고 쓰인 표지판들이 있긴 하지만, 그건 다 뻥이야. 가짜 출구들. 어디로도 통하지 않아. 다만 또 다른 길로 이어질 뿐.

남자 (방백) 불쌍한 여인! (여가수에게) 응급 순찰대가 도착할 거예요. 여기서 저와 함께 기다려요.

여가수 (노래하면서) 당신과 함께라고? 왜 당신과 함께? 난 항상 혼자 노래하는데. 솔로이스트거든. 아무도 필요 없어. 난 당신이 누군지도 몰라.

남자 아시잖아요. 어제저녁에 시장님 리셉션에서 서로 인사 나눴잖아요.

여가수 그게 무슨 말도 안 되는 타령?

남자 맞다고요. 저를 축하하는 리셉션이었잖아요. 북반구의 동부 지역을 둘로 나누는 새로운 남서부 자동차차도로 프로젝트에서 그랑프리 수상한 사람이 저예요.

여가수 뭔 개소린가요! 난 노래나 할래요. 뭔가 복잡하네. 안녕, 선생님! 그렇게 괴로워하지 마세요. 모든 게 다 개꿈일 뿐이니까.

여가수 퇴장한다.

목소리2 악몽으로 바뀌는 것 같은 꿈이다.

남자 저 여자, 유명한 여가수가 맞아! 지금은 아닐 수도 있지만. 어제저녁에⋯⋯ 무슨 사고를 당한 게 분명

해. 머리에 충격을 받았나 봐. 완전 돌았네. (다시 앉는다.) 다리 아파. (신발을 벗고 발을 주무른다.) 춥다. 웬 안개야! 차가 한 대도 안 다니다니. 믿을 수가 없네. 몇 시간째 자동차를 한 대도 못 봤어. 그나저나 지금 몇 시야? (시계를 본다.) 5월 28일 23시 59분. 이건 어제잖아! 시계가 죽었네.

제 3 장

정장 차림의 남자가 무대에 있다. 정원사가 들어온다. 그냥 직진
해서 지나치려 하자, 남자가 정원사를 멈춰 세운다.

남자   보행자가 또. 거참 이상하다. 선생! 제가 아는 분인
것 같은데, 우리 어딘가에서 만났었지요.

정원사   길에서라면 뭐든 다 일어날 수 있지만, 그렇다고 할
수도 없고, 확실히 그렇다고는 절대 장담 못 하지.

남자   확실해요. 선생은 시장님 정원사잖아요. 어제저녁
에 시장님 겨울 별장*에서 봤어요. 전 에드몽 뒤
베통이라고 합니다. 교량과 도로 건설업자입니다.
제 프로젝트가 그랑프리를 수상했지요. 제가 오더
를 딴 겁니다.

정원사   아, 그래요. 말이 많으시군. 난 말하는 거 별로 좋
아하지 않아요. 말 많으면 피곤하지.

남자   여기 길에서 뭘 하고 계신가요?

---

*   Le jardin d'hiver. 직역을 하면 겨울 정원이지만, 고위층들이 겨울
에 사용하는 별장을 말한다. 보통은 여름 별장도 같이 있다.

정원사	걷고 있지. 그것 말고 뭘 할 수 있나?
남자	하지만 왜 길에 있냐고요.
정원사	그럼 어디에 있어야 하는데?
남자	침대나 정원에 있어야지요.
정원사	그게 뭐지요?
남자	그게 뭐라니요?
정원사	선생이 말한 거. 첨대, 쟁원.
남자	쟁원이 아니라 정원. 정원이 뭔지 모르십니까?
정원사	몰라요. 난 아는 단어가 별로 없어. 말도 별로 안 해. 관심도 없고.
남자	(방백) 놀랍군. 말도 안 돼, 완전 기억상실이라. 이 사람도 충격을 받았나 봐. 여가수와 같은 자동차에 탔었나. 여가수의 차를 운전한 게 이 사람이 확실해. 어쩌면 좋지? 연상 작용을 시도해볼까. (정원사에게) 들어보세요. 제가 단어를 하나 말하겠습니다. 그럼 선생이 다른 단어로 답해보세요. 어떤 거라도 좋습니다. 머릿속에 제일 먼저 떠오르는 단어를 말하시면 됩니다. 어때요?
정원사	원하신다면…….
남자	(그의 눈을 바라보면서) 나무.
정원사	길.
남자	관목.
정원사	길.
남자	풀.
정원사	길.

남자	다른 단어를 말하세요. 똑같은 것만 말하지 마시고요. 대답을 바꿔보세요. 꽃.
정원사	콘크리트.
남자	새.
정원사	콘크리트.
남자	나비.
정원사	콘……
남자	그거 말고요! 콘크리트만 계속 말하지 말고! 길이나 콘크리트 말고 다른 단어들도 좀 떠올려봐요.
정원사	오케이, 알았다고요.
남자	다시 한번 해봅시다. 채소.
정원사	고기.
남자	그렇지! 지금 고기라고 말했어요. 채소라는 단어가 고기를 연상시킨 거지요. 둘 다 먹는 거니까.
정원사	그건, 배가 고프니까.
남자	맛있는 강낭콩 요리를 먹게 될 거예요.
정원사	'간난콘'은 또 뭐지. 하지만 당신이 누군진 알겠어. 단어 발명자지. 당신 같은 사람 이미 여럿 봤어. 아무도 이해하지 못하는 단어들을 좋아하는 인간들. 자부심이 대단하시고, 스스로를 지식인, 아니면 그런 비슷한 부류로 부르지. 걷지는 않고 멈춰 서서 논쟁하며 시간을 보낸다고. 난 그렇게 낭비할 시간이 없어. 걸어야만 해. 먹을 것을 구해야 하니까. 난 아주 단순한 사람이야. 정상인. (나가면서) 힘들어 죽겠네. 바보 같은 질문들 때문에 피곤해.

306

사람 잡겠어, 아주. (퇴장한다.)

제 4 장

한 젊은 무용수가 춤을 추면서 오른편에서 들어온다.

남자   시장님 딸이다! 어제저녁에 그녀와 같이 춤을 추
면서 결혼하겠다고 마음먹었지. 내 경력과 자격이
면 충분해. 그녀와 결혼할 거야. 이미 반은 다 성사
된 거야. 난 결혼에 동의했으니. 이제 그녀만 동의
하면 돼. (무용수에게) 아가씨!

무용수는 대꾸하지 않은 채 유혹하는 춤을 추면서 남자 주위를
돈다.

남자   아름다우십니다! 춤을 정말 잘 추세요!

무용수는 춤을 추면서 남자를 살짝살짝 건드린다.

남자   맹세해, 내가 마음에 드는 거야. 하지만 어제저녁
에는 나를 그렇게 마음에 들어 하지 않았는데.

무용수는 남자의 팔을 잡는다.

남자　　　전 춤을 잘 못 춰요.

남자는 엉망인 스텝으로 춤을 춰본다. 무용수가 리드하면서, '피
난처'를 손가락으로 가리키며 남자를 잡아끈다. 피난처라는 것
은 '피난처'라는 글자에 불이 켜진 표지판이 붙은 폐차이다.

남자　　　저 안으로? 하지만 저건 오래된 폐차인데. 저하
　　　　　고…… 저 안에서…… 하자는……. 결혼하기도 전
　　　　　에? 폐차 안에서? 아가씨! 아버님이 알면 뭐라고
　　　　　하시겠어요?

무용수는 못 참겠다는 듯이 강제로 그를 '피난처'로 밀어 넣는다.

남자　　　이렇게 매력적인 여자를 어떻게 거부할 수 있겠나.
무용수　　행동은 안 하고 말만 많군요.

두 사람 퇴장한다.

제 5 장

슬퍼하는 여인이 들어온다. 이어서 곧 즐거워하는 여인이 따라 들어온다.

슬퍼하는 여인 이 길은 항상 똑같아. 이 안개도 항상 똑같고. 오, 태양을 한 번이라도 봤으면 좋겠다! 단 한 번만이라도!

즐거워하는 여인 (환한 미소를 지으며) 태양이라니? 그게 뭔데?

슬퍼하는 여인 말해주지 않을 거야. 날 놀릴 게 뻔하니까. 비웃겠지.

즐거워하는 여인 놀리지 않을게. 내가 웃는 건, 그저 즐거워서 그러는 거야. 난 항상 즐거우니까.

슬퍼하는 여인 난 항상 슬퍼. 저 안개 때문에…… 모든 게 회색이고, 모든 것이 슬퍼. 태양이 없어서 그래.

즐거워하는 여인 태양이라니, 그게 뭐냐고?

슬퍼하는 여인 태양이라는 건, 열기, 빛, 색깔들이야.

즐거워하는 여인 분명 즐겁고도 아름답겠네.

슬퍼하는 여인 맞아. 원하면 다 이야기해줄게. 언젠가 어떤 할머니가 들려준 건데, 그 할머니에게 이야기해준 또 다른 할머니가 있었고, 그 할머니는 또 다른 할머니, 그 할머니는 더 오래전에 다른 할머니에게 들었대.

즐거워하는 여인 뭐라고 했는데?

슬퍼하는 여인 옛날하고도 옛날, 옛날, 옛날, 옛날에…… 그 시절에는 사람들이 땅 위를, 또는 풀 위를 걸었다고.

즐거워하는 여인 땅? 풀? 그게 뭐야?

슬퍼하는 여인 나도 몰라. 부드러운 거라고 해. 발도 안 아프고.

즐거워하는 여인 희한하네. 그럼, 콘크리트 위를 걷지 않았다고?

슬퍼하는 여인 그렇지. 그때는 콘크리트는 없었고, 길이라는 것도 없었어.

즐거워하는 여인 길이 없었다고! 말도 안 돼! 그럼 사람들은 어디 있었는데?

슬퍼하는 여인 집 안에 있었지. 집이라는 건 피난처 같은 건데, 피난처보다는 훨씬 더 컸었지. 그 안에서 오랫동안 머무를 수 있었다고 했어.

즐거워하는 여인 왜 머무르지? 사람들은 쉬지 않고 걸었던 게 아니야?

슬퍼하는 여인 대부분은 걸을 필요가 없었어.

목소리2 (무대 밖에서) 자동차를 굴렸지.

즐거워하는 여인 하지만 걷지 않았다면, 사람들은 뭘 한 거야? 즐겁기는 했나?

슬퍼하는 여인 태양을 바라보고, 구름도, 달도, 별도 바라보고.

목소리2	그리고 대부분은 텔레비전을 봤지, 컬러로.
즐거워하는 여인	그런 것들은 어디에 있었는데?
슬퍼하는 여인	저 위에. 이 회색만 가득한 세상 위쪽에.
즐거워하는 여인	아직도 저 위에 있다고 믿는 거야? 와, 멋지겠다!
슬퍼하는 여인	그래, 그렇게 믿어. 다만, 우리가 볼 수가 없어서 그렇지.
즐거워하는 여인	우리 위에 아름다운 것들이 가득하다는 걸 알게 돼서 행복하다! 하지만 길에 관해 이야기한 건 못 믿겠어.
슬퍼하는 여인	하지만 그건 길이 없던 시절의 이야기라고.
즐거워하는 여인	난 길에서 태어나고, 그쪽도 길에서 태어났잖아. 길은 태초부터 존재했어. 모두가 알고 있어. 당신이 말한 건 전설일 뿐이야. 하지만 상관없어. 아름답고, 즐겁잖아. 전보다 더 행복해졌어.
슬퍼하는 여인	길에서 어떻게 행복할 수가 있지? 모든 것이 단조롭고, 슬프고, 절망뿐인 길 위에서?
즐거워하는 여인	오, 그렇지 않아! 길이라는 건 삶이고, 움직임이고, 걷는 거지. 길은, 그 자체가 모험이고, 사랑이고, 우정이고, 우리가 만나는 사람들이고, 우리가 듣는 이야기들이니까. 같이 가. 함께 걷자.
슬퍼하는 여인	싫어. 당신은 너무 빨리 걸어. 그리고 당신의 웃음소리를 들으면 마음이 안 좋아.
즐거워하는 여인	알았어. 그럼 안녕. 슬퍼하지 마. 길은 모두에

게 놀라운 선물이거든.

즐거워하는 여인이 퇴장한다.

슬퍼하는 여인   내 말을 안 믿는군. 저 여자도 똑같아. 아무도 내 말을 안 믿어. (나가면서) 딱 한 번만이라도 별들을 봤으면 좋겠다!

제 6 장

할머니가 다리를 고통스럽게 질질 끌면서 들어온다.

할머니   반드시…… 반드시 계속해야 해……. 걸어야…… 걸
어야만…… 잠들면 안 돼……. 죽으면 안 돼……. 아
직…… 아직은…… 피곤하다. 다리도 무겁고. 더 이
상 다리가 움직이지 않아. 여기서 잠깐 쉬어야겠
다. (주위를 둘러본다.) 아무도 없군. (앉는다.) 기운
을 다시 내야지. 그리고…… 그러고 나서…… 다시
계속할 거야……. 걸을 거야……. (그녀는 눕는다.)
결국, 결국은. 잔다는 건 정말 행복한 일이야.

1번 인간이 다가와서 멈춰 선 뒤, 할머니를 건드려본다. 그러자
할머니는 소스라치게 놀라서 다시 일어나 앉는다.

할머니   오, 아무것도 아니야……. 왼쪽 발이 약간 아픈 거
야. 아플 뿐이야. 심하지 않아. 심각하지 않다고.
잠깐 쉬는 거라니까. (1번은 그녀에게서 몇 발자국
떨어져서 앉는다.) 계속 길을 가. 도울 필요 없어.

(사이) 뭘 기다리는 거야?

2번 인간이 도착해서 할머니를 바라보고, 1번을 바라본다. 서로 눈빛을 교환하고, 2번도 앉는다.

할머니   당신도? 방금 난 괜찮다고 말했다고. 왼발이 조금 아플 뿐이야. 그게 다라고.

1번과 2번이 할머니에게 슬그머니 다가선다. 3번이 도착해서 이 사람들을 지나 다른 구석에 앉는다. 4번도 나타나서 똑같은 짓을 한다. 5번도 마찬가지다. 이들은 배고프다는 시늉을 한다. 어떤 이들은 참지 못하고 입맛을 다시거나, 침을 꿀꺽 삼키거나, 심지어 침을 질질 흘리기도 한다. 할머니는 괴로워한다. 하지만 누군가가 아주 가깝게 접근하면, 팔다리를 움직이거나 머리를 저어서 자신이 아직 죽지 않았다는 것을 보여준다. 심지어는 혀를 낼름거리면서 놀리는 시늉*도 한다.

목소리2   죽어가는 사람 주위에서, 유산을 기다리면서, 부모들은 서툴게 조급함을 숨기려 하면서 점잖게 대화를 나눈다.

1번   조금만 더 서둘러주면 좋은데.

2번   다른 사람도 좀 생각해주면 좋잖아.

---

*   un pied de nez. 손을 쫙 펴고 손가락도 다 벌린 상태에서 엄지를 코끝에 대면서 상대방을 조롱하는 것을 말한다.

3번	이기주의자 같으니.
4번	허세를 떠는 거야.
5번	저것들은 항상 저렇다니까.

할머니는 죽을힘을 다해 일어나 선 채로 있다가 절뚝거리면서 걷는다. 나머지 이들이 놀란다. 이어서 분노한다.

1번	젠장!
2번	말도 안 돼!
3번	(할머니에게) 애쓰지 마세요. 그냥 곱게 가세요. 쉬시라고요.
4번	다시 누워 계세요. 도와드릴까요?
5번	참는 것도 한계가 있어.

이들 중 하나가 표지판 기둥을 뽑아 와 할머니 뒤로 가서 머리를 세차게 가격하자 할머니는 쓰러진다. 다른 이들이 할머니에게 달려든다. 한밤중. '포크와 나이프가 교차된 그림'이 표시된 표지판에 불이 들어온다.

제 7 장

아기가 들어온다. 갓난아기 복장에 가까운 옷을 입고 있는 소년
이다. 아기는 발소리를 듣더니 환한 미소를 띠며 돌아선다.

아기   엄마!

엄마가 들어온다. 성숙하고 풍만한 여인이다.

엄마   엄마라니? 난 네 엄마가 아니다.

아기   아니지요. 하지만 엄마가 될 수는 있잖아요. 난 엄
마가 필요해요.

엄마   이런! 넌 이제 다 컸잖아. 넌 혼자서 뭐든 잘할 수
있어.

아기   (펄쩍 뛰어서 여인의 목에 매달린다.) 난 크고 싶지
않아. 누가 날 좀 안아줘요. 젖 좀 주세요.

아기는 엄마의 블라우스 안쪽을 헤친다.

엄마   (아기를 밀쳐내면서 땅에 내려놓는다.) 창피한 줄

알아!

아기　　창피하지 않아. 난 엄마를 원해.

엄마　　아이가 혼자서 걸을 수 있으면 엄마 곁을 떠나서 다른 길을 떠나야 한다는 걸 잘 알잖아. 그게 법이야.

아기　　빌어먹을 법 같으니!

엄마　　빌어먹을 놈은 너야!

아기　　(훌쩍거리며) 아줌마는 아이가 없었나요?

엄마　　있었지. 그것도 여럿이었지. 다 커서 떠났어.

아기　　난 크고 싶지 않아. 떠나고 싶지 않다고.

엄마　　영원히 아기로 남아 있을 순 없어.

아기　　할 수 있다면, 그러고 싶어. 정말로. 여자들을 만나기만 하면 목에 매달릴 거야. 젖이 남은 여자들도 있잖아. 난 젖을 정말 좋아해.

엄마　　넌 정말 빌어먹을 놈이구나.

제 8 장

등에 책을 한 짐 진 학자가 들어온다. 엄마와 아기는 여전히 무대에 있다.

학자 그래. 빌어먹을 짓과 지성에 대해 말해보자고. 예를 들면, 난 이 길에서 가장 똑똑하지.

엄마 그게 무슨 소리?

아기 왜요?

학자 왜냐하면 난 읽을 줄 아니까. 내가 아는 한, 이 몸은 읽을 줄 아는 유일한 인간이야.

엄마 그게 무슨 뜻이에요, 읽는다니?

학자 쓰인 기호들을 풀어낸다는 겁니다. 그 기호들은 책 속에 있고요. 보세요.

학자는 책들을 보여준다.

엄마 이게 다 뭐지요? 다 어디서 났어요?

아기 (킁킁거리며 책 냄새를 맡는다.) 냄새 좋다.

학자 '피난처'에서 발견했어요. 길 위 여기저기에 있는

'피난처'를 뒤졌는데, 책이 한 권 나왔어요. 그리고 난 그걸 챙겼고, 그 기호들을 풀어냈지요.

엄마 무슨 소린지 모르겠어요.

학자 기호들은 각각 어떤 소리에 상응합니다. 그 기호들을 이해하면, 책들은 우리에게 이야기를 들려줍니다. 마치 누군가 우리가 존재하지 않았던 세계의 이야기를 들려주는 것처럼요. 모든 책을 읽게 되면, 우주의 신비를 알게 될 거예요.

아기 그 책이라는 것이 엄마 이야기도 하나요?

학자 책은 모든 것을 이야기해줘.

엄마 책들을 어떻게 읽는 건지 보여주세요.

학자 기꺼이 보여드리지요. 여기 쓰인 걸 들어보세요, 그럼. (책을 하나 집어서 더듬거리면서 읽는다.) 땅이 혼돈하고 공허하며 흑암이 깊음 위에 있고, 하나님의 신은 수면에 운행하시니라…….

제 9 장

한 소녀가 들어와서 땅바닥에 손가락으로 무언가를 그리기 시작한다. 학자, 엄마, 그리고 아기는 아직 무대에 남아 있다. 아기가 울기 시작한다.

엄마 왜 울어? 왜 그래?

아기 무서워. (엄마의 목에 매달린다.) 저 사람이 읽어주는 것이 무서워.

엄마 나도 무섭다. (엄마는 아기를 꼭 껴안는다.) 하지만 무슨 말인지 아무것도 모르겠다.

학자 (계속 읽는다.) 하나님이 가라사대 빛이 있으라! 하시매 빛이 있었고. 그 빛이 하나님의 보시기에 좋았더라. 하나님이 빛과 어두움을 나누사.

아기는 엄마 품에서 내려와서 그림을 그리는 소녀에게 다가간다. 우리는 그 소녀를 '화가'라고 부를 것이다.

아기 뭐 하는 거예요?

화가 그림 그리는 거야. 쉿!

길

아기	(엄마에게) 그림 그린대. 그게 무슨 말이야?
엄마	나도 몰라.
화가	자, 다 됐다. 와서들 보세요!
엄마	아무것도 안 보이는데.
아기	이게 뭐야?
화가	말馬이야.
아기	말이라니, 그게 뭔데?
화가	나도 몰라. 그냥 머릿속에 떠오른 거야. 머릿속에서 온갖 형태가 떠오르면, 난 그걸 그려. 아름답지.
아기	네, 아름다워요.
엄마	하지만 아무것도 없잖아. 오늘은 미친 사람들만 만나는군. 가야겠어.
아기	같이 가도 돼요?
엄마	마음대로 해. 하지만 널 안아주진 않을 거야. 그리고 엄지손가락 좀 그만 빨아. (나가면서 아기에게) 넌 뭔가 보였어?
아기	네, 아름다운 말을 봤어요.
엄마	거짓말쟁이!

엄마와 아기가 퇴장한다.

학자	아름답다니, 뭐가?
화가	내 그림이요, 말. 여기요.
학자	아무것도 안 보이는데. 아름답지도 않아. 아름답다고 하는 건 이런 거야, 들어봐. "여호와 하나님

이 흙으로 사람을 지으시고, 생기를 그 코에 불어넣으시니, 사람이 생령이 된지라."

화가   저기 보세요! 저기! 저 사람 뭐 하는 거야?

제 10 장

왼편에서 누군가가 들어온다. 왼편은 금지된 방향이다. 학자와 화가는 놀라서 그를 바라본다.

학자 정지! 정지! 멈춰요!

청개구리 씨 왜요?

화가 옳은 방향으로 걷고 있지 않잖아요.

청개구리 씨 왜요? 옳은 방향과 틀린 방향이 따로 있나요?

학자 그래요. 이 길은 이쪽, 저 길은 저쪽.

청개구리 씨 그게 무슨 의미가 있어요? 그저 걷는 건데.

화가 만일 이 방향으로 걷고 싶으면, 다른 길로 가셔야만 해요.

청개구리 씨 왜요?

화가 왜냐하면 말이죠.

학자 옳은 길만 가야 해요. 당신에겐 당신의 길이 있어요.

청개구리 씨 여기도 내 길입니다. 난 내 길 여기저기를 걷는 겁니다.

화가 반대로 걷고 있잖아요.

청개구리 씨	천만에요. 난 청개구리식으로 걷는 거라고요.
학자	그렇게 하면 안 돼요.
청개구리 씨	돼요. 내가 하는 거니까.
학자	그건 금지된 겁니다. 금지됐다고 아무도 말해 주지 않았나요?
청개구리 씨	했지요. 끊임없이 사람들이 그렇게 말하지요.
화가	그럼 왜 경로를 바꾸지 않는 거예요?
청개구리 씨	왜 바꿔야 하는데요? 사람들이 그렇게 하라고 해서?
화가	그래요. 사람들이 그렇게 이야기하니까요.
청개구리 씨	난 청개구리식으로 걷는 게 좋아요.

청개구리 씨는 앞으로 가려 하지만, 화가가 앞을 막는다.

화가	조심하세요! 내 그림 위로 걷고 있잖아요!
학자	오른쪽으로 돌아야 해요. 그게 법입니다.
청개구리 씨	난 법을 좋아하지 않아요.
학자	무정부주의자 같으니!
화가	(학자에게) 이리 오세요. 저 사람을 다른 경로로 옮깁시다.

학자와 화가가 청개구리 씨를 들어서 다른 경로에 올려둔다.

화가	됐어요. 이제 그쪽으로 걸어가시면 돼요.
청개구리 씨	생각이 변했어요. 이쪽으로 가고 싶지 않아요.

청개구리 씨는 금지된 방향을 고집하며 무대 왼쪽으로 다시 간다.

학자　　　　틀린 길을 가고 있어요!

청개구리 씨　상관없어요!

화가　　　　정말 바보군! 새를 그려야겠어!

화가가 바닥에 그림을 그린다.

학자　　　　난 다시 읽기를 해야지.

학자는 책을 뒤적인다. 책장을 넘기는 소리가 불안하게 들린다.

학자　　　　……"선악을 알게 하는 나무의 실과는 먹지 말라. 네가 먹는 날에는 정녕 죽으리라." (고개를 들면서) 무섭다!

제 11 장

대여섯 명으로 이루어진 야수들이 길을 돌고 있다. '무섭다'는
말을 모든 배우가 반복한다.

모두   (중얼거림과 고함이 뒤섞인 소리) 무섭다……. 무섭
다……. 무섭다……. 야수들…… 야수들이 공격한다.

배우들이 떼를 지어 걷는다. '야수들'이 자동차와 표지판에서 뜯
어낸 금속 조각들을 들고 좌우로 여기저기 부딪히면서 전진한다.

야수들   우리는 폭력. 울분, 분노, 광기. 우리는 야수들. 야
성과 아름다움, 야만, 잔혹, 잔인, 비인간. 우리는
두려움, 무서움, 공포, 테러. 우리는 부수고, 깨트
리고, 파괴하고, 쓰러트리고, 망가트리고, 멸망시
키고, 지워버리고, 끝장내고, 대량으로 학살하길,
죽이길 원한다.

야수들이 학자와 화가 옆으로 다가선다.

화가   내 그림 위로 걷지 마! 그림 위로 걷지 마! 오, 끔찍해.

화가가 도망간다.

학자는 책들을 주워 담으려 한다. 하지만 야수들이 그를 둘러싼다.

학자   최후의 날이 왔도다!

야수들이 학자를 때려눕힌 뒤 '희망이 없는 길'이라는 표시가 반짝이는 곳으로 끌고 온다. 책들은 바닥에 흩어져 있다. 뛰어다니는 사람들의 숨이 헐떡이는 소리만 들려온다.

제 12 장

소녀가 한쪽에서 나타나고, 소년은 반대쪽인 다른 경로에서 나타난다. 숨을 계속 헐떡거리면서 그들은 동시에 멈춰 서서, 서로를 바라본다. 서로를 보면서 '슬로모션'으로 서로에게 날아가려고 한다. 벽이 그들을 갈라놓는다.

소년   네 눈동자에 빛나는 게 뭐야?

소녀   네 눈동자에 있는 것과 같은 거야. 나도 그게 뭔지는 몰라.

소년   그게 나를 아프게 해.

소녀   그래, 그리고 동시에…….

소년   아름다워.

소녀   그래.

두 사람은 한 발자국씩 서로에게 다가선다. 소년이 소녀에게 손을 내민다.

소년   손을 줘봐.

소녀는 소년의 손에 자신의 손을 얹는다.

소녀   네 손이 내 손바닥을 태우는 것 같아.

소년   내 온몸이 불타오르고 있어.

소녀   목이 말라. 네 입술밖에 안 보여. 마실 걸 줘.

소녀와 소년은 서서히 팔을 구부리면서 머리를 맞댄다.

소년   뭐가 우리를 잡아당기는 걸까?

소녀   기적이 우리에게 일어나는 건가?

두 사람은 오랫동안 키스를 한다. 빈정거리는 휘파람 소리가 둘을 떼어놓는다.

소년   누구도 어떤 것도 나를 네게서 떼어놓을 수 없어.

소녀   아, 이런! 길이 있어. 길이 너를 저쪽으로, 나는 이쪽으로 데려갈 거야.

소년   우리를 갈라놓는 염병할 길!

소녀   내 길은 눈물로 뿌려질 거야.

소년   내 길은 아무 의미 없고, 음울해질 거야.

소녀   널 잊지 않을게.

소년   너만 생각할게.

목소리2   주저리주저리. 진부한 사랑 이야기.

소녀   아마도 언젠가 우리의 길은 서로 만나게 될 거야.

소년   언젠가 그럴지도. 아무도 모르잖아?

목소리2   길에서라면 뭐든 다 가능하지만, 절대 확실한 건
          없다.

소녀   걸어야만 해. 안녕, 안녕…….

소년   안녕, 안녕…….

소녀와 소년은 아주 천천히 떨어진다. 출구까지 뒷걸음치며 걷
는다. 그리고 동시에 말한다.

소녀와 소년   안녕…… 사랑이여…….

제 13 장

정장 차림의 남자가 여전히 혼자서 길 위의 어떤 곳을 걷고 있다.

남자 차도 위에서 길을 잃다니! 이런 일이 나에게 일어
나다니! 교량과 도로 엔지니어인 내가, 남서부 지
역 프로젝트 그랑프리 수상자인 내가, 차도 위에
서 있어! 차도는 보행자를 위해 만들어진 게 아니
라고. 보행자는 절대로 차도에 있으면 안 돼. 걷는
건 너무 오래 걸리고 지친다. 차도에서 조금만 걸
어보라고! 무한궤도에서 길을 잃은 것처럼 보일
거야. 미친 짓이지. 모두가 회색에…… 모두가 콘
크리트만 있는…… 이 교차로들, 굽은 도로, 분기
점, 나들목, 간선도로, 그리고 다른 길로 인도하는
출구들. 악몽이야, 이건 분명 악몽일 거야……. (사
이) 절대 나갈 수 없을 거야, 결코 벗어날 수 없을
거야. 여기서 개처럼 죽어갈 거고. 참 여기엔 개도
없지. 여기서 난 불쌍한…… 보행자처럼 죽어갈 거
고. 이게 뭐야? (책을 집어 든다.) 성경이잖아. 기도
해야지. 기도밖에 남은 일이 없어. (성경을 가슴에

332

품는다.) 오, 하나님! 도와주소서! 저를 이런 거미줄 같은, 콘크리트 미궁에서 빠져나가게 해주신다면, 다시는 어떤 길도 건설하지 않겠습니다. 동네 골목길도 건설하지 않겠습니다. 아무것도, 절대로 아무것도 안 하겠습니다. 겨울에 눈이 와도 안 쓸겠습니다. 직업을 바꿀게요. 다시 태어나겠습니다. 수도사나 정원사가…… 되겠습니다……. 그래, 정원을 가꾸는 수도사. 땅을 가꾸겠습니다. "우리는 반드시 자신의 정원을 가꾸어야 한다." 누가 한 말이더라? 볼테르인 것 같은데. 그가 옳았습니다. '환경주의자들'이 옳습니다. 전 그들을 미워했어요. 하지만 이제 용서합니다. 그들이 백번 천번 옳습니다. 자연을 구해야 합니다. 인간의 자연적인 환경. 나무, 숲, 호수, 강, 계곡, 산, 그리고 늪. 약간의 녹색이라도, 하나님, 기적을 행하소서, 약간의 녹색이라도!

'기적'이라 쓰인 화살표 모양의 표지판이 반짝인다.

제 14 장

도로가 파헤쳐져 있다. 시멘트 더미가 한가운데 나무가 있는 녹색의 흔적을 에워싸고 있다. 한 남자가 나무 옆에 서서 사람들에게 말하고 있다. 이 사람을 다른 이들은 '미친놈'이라고 부른다. 왜냐하면 그는 다른 이들을 위해 존재하기 때문이다.

미친놈　뿌리들이 콘크리트 밑에 생명을 품고 있었어. 뿌리가 콘크리트를 뚫어버렸어. 그때 난 내가 사랑했지만 죽어버린 여인 옆에 있었어. 나도 역시 죽고 싶었지. 더 걷고 싶지도 않았어. 콘크리트에 금이 가는 것이 보이더니 뭔가 하얀 게 튀어나온 거야. 뿌리였어. 맛을 보았는데 맛있었어. 그래서, 쇳조각으로 콘크리트를 깨트렸는데, 흙이 나온 거야. 구멍을 파고 내가 사랑한 여인을 거기에 눕히고, 흙으로 덮었는데, 풀들이 자라나기 시작했어.

1번　왜 땅에 그 여인을 묻은 거지?

미친놈　아무도 그녀를 손대지 못하게.

2번　그건 잘한 짓이 아니야. 우리에게 넘겼어야지. 그럼 우리가 당신에게 다른 여자를 찾아줄 수 있잖아, 살아 있는 걸로.

미친놈 난 그녀를 사랑했어. 다른 여자는 원치 않았어.

3번 이건 회색이 아니네. 다른 색이야.

미친놈 녹색이야. 풀의 색깔이지. 그리고 이건 나무고.

4번 그건 어디에 쓰는 거야?

미친놈 보기에 좋잖아. 그리고 열매가 있잖아.

미친놈은 사과를 가리킨다.

1번 그게 뭐야?

미친놈 먹는 거야.

2번 놀랍군.

미친놈 맛볼 사람?

3번 그런 바보짓을 누가 하겠어? 난 갈래.

4번 나도.

미친놈 오래전부터 사람들은 멈추었다, 서로 바라보다가,
다시 떠나.

1번 그게 인생이야. 걸어야만 해.

2번 인생은 우리보다 강하거든.

3번 출구를 찾아야만 해.

미친놈 여기야, 출구가 여기라고. 여기 머물러. 콘크리트
를 깨는 걸 도와줘. 모두가 함께 힘을 모으면 길은
사라지고, 땅은 다시 녹색으로 덮일 거야.

4번 미쳤군!

모두 자, 모두 떠나자고.

그들은 떠난다. 미친놈은 다시 콘크리트를 깨기 시작한다. 태양이 나무 꼭대기를 비춘다. 슬퍼하는 여인이 들어온다.

슬퍼하는 여인   이게 뭐야? 끔찍해! 오, 내 눈! 아파!

미친놈   그건 태양이야. 내 나무가 안개를 무찌른 거야.

슬퍼하는 여인   사람 살려! 사람 살려! 앞이 안 보여!

슬퍼하는 여인이 눈을 가리면서 도망친다.

제 15 장

정장 차림의 남자가 나무와 미친놈 앞에 도착한다.

남자 기적이 일어났다! 사막의 오아시스. 아니면 그저 신기루인가?

미친놈이 풀들의 경계에 푯말을 세운다. "잔디 위를 걷는 건 금지."

남자 금지라고? 풀들을 만져보고 싶어 죽겠어. 그 위에 앉아서……. 나무 발치 아래…… 사과가 있네요! 사과! 목말라 죽겠어요……. 사과를 먹는다니…… 이건…… 이건…… 천국이군요!

미친놈 그래요, 여긴 나만의 천국입니다. 각자 다 자신의 천국이 있지요. 여기는 당신에겐 출입 금지입니다. 당신의 천국은 따로 있잖아요, 길. 당신의 그 길 말이에요. 당신의 프로젝트, 뒤베통* 선생.

---

* Dubéton. 콘크리트라는 뜻의 du béton을 주인공의 이름에 사용했다. 공연에서는 '콘크리트 선생'이라고 해도 될 것 같다.

남자   하지만 내 길, 내 프로젝트는 보행자를 위해 만들어진 게 아니에요! 그건 시속 160~200킬로미터로 달리는 빠르고 강력한 자동차를 위한 거라고요!

미친놈   우리 세상에는 그런 것들이 존재하지 않아요. 선생은 차 없이 당신의 그 길을 걸어서 돌아다닐 겁니다. 최후의 날까지, 영원히.

남자   아멘. 내 말은…… 여긴 천국이 아니라, 지옥이야!

미친놈   어떤 관점으로 보냐에 달린 겁니다. 그건 선생 몫이죠. 난 모르겠어요. 도세요! 계속 도시라고요!

캄캄한 한밤중이다. 정장 차림의 남자의 목소리가 들린다. "일어나고 싶어, 일어나고 싶어, 일어나야만 해!" 불이 다시 켜지면 정장 차림의 남자가 눈을 크게 뜬 채 자동차 좌석에 앉아 있다. 이어서 두 눈을 감고 머리를 가슴 쪽으로 툭 떨군다. "삐-뽀, 삐-뽀" 앰뷸런스 소리가 들린다.

목소리3   남서부 프로젝트 그랑프리 수상자인, 천재 엔지니어 에드몽 뒤베통 씨가 교통사고로 서거하셨습니다. "그를 기리기 위해, 그의 천재적인 프로젝트는 어떤 변경 사항도 없이 예정대로 진행될 것입니다"라고 시장님이 발표하셨습니다.

막

역자 해설

완성된 작품을 해설한다는 것은 그리 고상한 일은 아니다. 심혈을 기울여 쓴 작가의 의도를 해칠 수도 있고, 다른 시각으로 접근하는 독자의 길을 막으면서 해설자의 편협이라는 저수지로 생각을 끌어들일 수도 있다. 그럼에도 이런 무모한 짓을 하는 것은 번역문에서는 맛보기 어려운 원문의 느낌을 조금이라도 전달하고 싶은 마음이라 이해해주면 좋겠다. 나는 운 좋게 독자보다 먼저 아고타 크리스토프의 작품을 만났을 뿐이다. 더 훌륭한 해석과 비평을 할 수 있는 독자들이 많을 것이다. 부디 역자의 엉성한 해석에 얽매이지 말고, 작가가 던지는 행간이라는 촘촘한 그물로 더 많은 지혜와 성찰을 건져 올리길 바란다.

존과 조

「존과 조」는 프랑스어로 쓰인 작품이지만 주인공들 이름은 영어로 되어 있다. 조지프Joseph의 애칭인 조Joe는 프랑스어로도 같지만, 가장 일반적인 이름 존John은 프랑스어로 장Jean이다. 왜 작가는 장과 조가 아니라 굳이 존과 조라고 했을까? 익명성을 강조하기 위해서이다. 영어는 프랑스어보다 더 일반적인 언어이다. 영어 이름 존이라면, 더 광범위한 익명성을 나타낼 수 있다고 생각한 것 같다. 또한 발음에서 존과 조, 두 사람의 이름은 매우 비슷하다. 일반인들을 대표하는 이름으로 제격이다. 평범한 우리의 모습이 작품에 나타나기 때문에 익명성을 강조하는 제목을 단 것이다.

이 작품에서 보이는 또 다른 특징은 우연성이다. 두 주인공은 따로 약속하고 만나는 것이 아니다. 제1장, 제2장, 그리고 제3장, 모두 두 사람이 우연히 만나는 것으로 시작한다. 하지만 만나는 장소는 정해져 있다. 한 카페 앞에서 마주치게 된다. 여기에는 필연성도 내포되어 있다. 갈 데가 딱 한 곳이라면, 산책을 하다가 언젠가는 만나게 된다. 하지만 동시에 마주치는 것은 역시 우연성이다.

우연은 누구에게도 일어날 수 있는 일이다. 필연은 누구나 마주칠 수밖에 없는 일이다. 인간에게, 태어남은 우연이고 죽음은 필연이다. 어떤 고귀한 목적을 지니고 태어나는 것이 아니라 그저 태어나서 살다가 죽음을 기다릴 뿐이다. 20세기 실존주의의 장을 연 프리드리히 니체가 주장하는 허무주의의 골자도 이것이다.

이런 허무주의는 연극에서 부조리극으로 발전한다. 「존과 조」는 부조리극의 대명사 사뮈엘 베케트의 「고도를 기다리며」를 떠오르게 한다. 블라디미르와 에스트라공이 매일 나무 아래로 오는 것처럼, 존과 조는 매일 카페 앞에서 마주친다. 그리고 서로 누가 더 옳은지 도토리 키재기를 한다. 한편 존과 조는 좀 더 현실적이고 사소한 문제들에 부딪히면서 이치에 맞지 않는 이야기를 짧은 문장으로 툭툭 던진다. 또, 영뚱한 부분에서 논리의 급소를 찌르고 들어온다. 이런 면에서는 외젠 이오네스코의 부조리극과 비슷한 면을 보인다.

공짜 설탕을 커피에 두 조각이나 넣고 너무 달아서 못 마시는 상황에서, 존은 단 커피와 쓴 커피를 섞어 제법 공평하게 보이는 분배를 한다. 하지만 운과 재물, 즉 포춘fortune을 상징하는 로또를 둘러싼 분배에서는 다른 모습을 보인다. 조는 자신의 몫을 주장하면서 남은 당첨금을 빼앗고, 급기야 존을 고소한다. 하지만 조는 당첨금으로 보석금을 지불하고 존을 감옥에서 빼낸다. 왜 그럴까? 단순히 우정이나 측은지심 같은 인간 본성 때문일까? 조는 존에게 옷을 되돌려주고 복권의 불필요함을 이야기한다.

오지 않는 '고도'에 대한 이야기로 화두를 던지는 블라디미르와 에스트라공처럼 존과 조는 쏘제와 위그냉 이야기로 화두를 던진다. 조는 "쏘제라고 알지?"라며 존에게 말을 건네는데 사실 조 역시 쏘제를 모른다. 어이없는 상황이 펼쳐지는 것이다. 오지 않는 고도에 절망하는 블라디미르처럼, 알지 못하고 절대 알 수 없는 쏘제의 존재에 대해 존은 화를 낸다. 알 수 없는데도 알아야만 하는 것이라고 몰아치는 인간의 삶을 보여준다. 화해한 존과 조는 마지막에 위그냉이라는 미지의 인물을 언급하면서 부조리극 특유의 도돌이표를 붙인다.

엘리베이터 열쇠

처음 이 작품을 읽었을 때 여인이 남편을 살해하는 마지막 장면에서 조금 강도 높은 페미니즘 작품이라고 생각했다. 하지만 제목을 두고 곰곰이 생각하니 극의 내부에 깔려 있는 다양한 상징이 보이기 시작했다.

엘리베이터를 뜻하는 프랑스어인 ascenseur는 '올라간다'는 라틴어 동사 ascendere에서 왔다. 이 말은 ascension을 연상시킨다. ascension은 예수나 마리아가 승천한다는 뜻이며, 대문자로 Ascension은 예수 승천일을 말한다. 그렇다면 열쇠는 천국으로 가는 열쇠일 것이다. 예수는 이 열쇠를 베드로에게 맡긴다. 그래서 베드로의 후예들인 교황의 상징이 바로 열쇠이다.

하지만 통속적 인간은 엘리베이터에 대해 달리 생각한다. 우연이지만 오르가슴orgasm이란 말을 들으면 우리말 발음으로도 올라간다는 느낌이 든다. 성적 흥분도가 올라가는 것이다. 영어인 elevate도 느낌이 비슷하다. 프로이트에 관심 있는 사람이라면 열쇠가 뭘 상징하는지 쉽게 알 수 있다. 보통 도상학에서 열쇠로 문을 여는 것은 성행위의 상징으로 해석한다. 희곡에서 '여인'은 남편을 기다리다가 집을 나선다. 그리고 숲에서 수렵 감독관을 만난다. 여인이 감독관을 만난 이야기를 하자 남편은 열쇠를 빼앗는다. 그 이후로 여인은 개미들이 기어다니는 것처럼 다리가 간지럽다고 호소한다. 여기서 다리는 촉감을 상징하고 간지러움은 성욕을 상징한다. 하지만 열쇠를 빼앗긴 여인은 더 이상 밖에 나갈 수가 없다.

다른 해석도 가능하다. 엘리베이터는 위로 올라가고 싶어 하는 인간 욕망의 도구이다. 출세를 향한 욕망이든 돈을 향한 욕망이든, 그다지 아름다워 보이지는 않는다. 도시화된

이 세상을 보자. 아파트 짓겠다고 산을 밀어버리고 거주자를 아무렇지 않게 쫓아내는 욕망쯤은 쉽게 만날 수 있다.

여인이 다리가 간지럽다고 호소하자 건축가 남편은 외과 의사 친구를 불러 아내의 다리를 마비시킨다. 소음이 들린다고 하니 신경을 죽여서 청력을 없앤다. 도시의 불빛이 방해된다며 눈의 신경을 죽여 앞을 못 보게 한다. 문제가 생기면 그 부분만 메스로 도려내는 이러한 모습은 우리 사회가 약자에게 자행하는 현실에 대한 비유이다. 하지만 마지막 남은 목소리를 빼앗으려 할 때, 여인은 저항한다. 듣기 싫다고 목소리를 빼앗으려는 기득권에 대한 저항의 메시지이다.

이 작품은 이렇게 다양하게 해석될 수 있다. 억압받은 여성을 대변하는 페미니즘의 시선도, 토목 건축업자들에 놀아나 도시화되면서 자연을 빼앗긴 것을 비판하는 환경 운동의 색깔도 있다. 젠트리피케이션에 밀려난 도시 빈민의 목소리도 깔려 있다.

배회하는 쥐
────────────────────────────────

「배회하는 쥐」는 매우 복잡한 구조의 작품이다. 누가 주인공인지 구별하기 힘들다. 그뿐 아니다. 공간도 혼란스럽다. 두 개의 공간이 존재하는데, 동시에 무대에 나올 수는 없다. 한 공간이 나오면 다른 공간은 가려져야 한다.

작가는 거실과 침실이라는 두 공간을 들-창문으로 나누어놓는다. 거실은 손님을 맞이하고 가족이 생활을 공유하는 공간이고, 침실은 개인적인 공간이다. 거실이 사회적 가면을 쓰고 살아가야 하는 공간이라면, 침실은 가면을 벗고 본모습으로 살아가는 공간으로 볼 수 있다. 그래서인지 작품에서 등장인물이 침실에서 거실로 갈 때 브레뒤모의 가면을 쓴다.

이런 면에서 거실을 무대라고 생각해보면 어떨까. 침실은 무대에서 퇴장해 가면을 벗은 곳이니 대기실이나 분장실인 셈이다. 이러면 연극 안의 연극, 즉 롤플레이를 하는 연극으로도 볼 수 있다. 그런데 재미있게도 브릭이 등장해 이 대기실마저 감방으로 만든다. 또 다른 연극이 펼쳐지는 공간이 되는 것이다. 세상 모두가 연극이라는 말일까?

거실에서 브레뒤모의 가면을 쓰고 연기를 하는 배우는 롤이다. 롤Roll이라는 이름에서 역할이라는 뜻의 동음이의어 롤role이 자연스레 떠오른다. 롤은 대역의 상징이라 할 수 있다. 롤은 작품의 주인공으로 처음에 등장한다. 모든 상황이 롤을 중심으로 돌아간다. 거실에서 휠체어에 앉아 브레뒤모 역할을 하던 롤은 침실에서는 가면을 던지고 일어나더니 젊은 시인이 된다. 하지만 여기서도 그의 정체는 롤, 즉 대역이다. 읽으면서 혼란스럽게 느껴지는 것은 롤을 이 작품의 주인공으로 보기 때문이다. 롤을 배우라고 설정하고 읽으면 덜 혼란스럽다.

쥐 가면을 쓴 시발쥐라는 인물을 살펴보자. 사형수인 시발쥐는 쥐 가면을 쓰면 감방 어디든 돌아다닐 수 있다. 초현실적인 설정이지만 쥐 가면을 쓰면 진짜 쥐처럼 감방 사이의 쥐구멍을 통해 어디든 배회할 수 있는 것이다. 이 작품의 또 다른 코드는 배신이다. 제목을 '배회하는 쥐'라고 정한 이유도 이 때문인 듯하다. 서양에서 쥐는 배신자를 일컫는 말이다. 그런데 이 쥐가 여기저기 돌아다닌다. 전체주의 사회에서 배신자는 여기저기에서 출몰한다는 상징일 수도 있다. 후반부에 이 쥐는 롤 대신에 브레뒤모 가면을 쓰고 판사의 역할을 하기도 한다.

롤과 쥐는 가면이라는 도구로 정체성을 가리지만 다른 인물들은 가면을 쓰지 않고 그 정체성을 가리고 있다. 브릭은 조르주라는 인물이 연기하는 역할이고, 켑은 브레뒤모가 연기하는 인물이다. 노에미와 마담 브레뒤모는 동일 인물이다. 거실에서는 늙은 부인인 노에미가 감방으로 꾸민 침실에서는 젊은 노에미가 된다.

극 마지막 부분에 롤과 쥐는 둘 다 브레뒤모의 젊은 시절 모습이라는 대사가 나온다. 그런데 이상주의자인 롤을, 시니컬하고 현실을 추구하는 쥐가 죽인다. 죽은 롤을 쥐와 노에미가 들고 퇴장하면서 연극 속의 연극은 끝난다. 샤를 브레뒤모와 시종 조르주가 이 연극의 주인공인 것이다. 샤를 브레뒤모가 기획자이고 조르주가 무대감독인 연극에 자신들도 배우로 참여해서 벌인 연극 속의 연극, 그리고 그 속의 연극이다. 액자연극보다 한층 더 복잡한 구조이다.

작가는 왜 이렇게 복잡하게 구성했을까? 우리의 정체성이 이렇게 복잡하다고 이야기하고 싶어서가 아닐까? 젊은 시절의 이상은 죽여버리고 현실과 타협하며 살아가는 우리 인간들, 판사라는 정체성에 숨어서 다른 이의 목숨을 빼앗는 우리 인간들의 정체성은 이 연극보다 더욱 복잡하다. 법복과 군복을 벗고 민간인으로 돌아오면 평범한 인간이 되어 자신들이 사회의 피해자라고 외치고 있는 우리의 본모습은 무엇일까? 이 가면을 벗으려면 어떻게 해야 하는가? 작가는 죽음이라는 피난처를 준비해놓는다.

괴물

「괴물」은 시작 부분을 읽으면 판타지로 다가오면서 가슴이 설레지만, 장면이 계속될수록 자연스레 괴물의 정체를 유추하게 되고 철학자처럼 인생과 시스템에 대해 사색하게 된다. 그리고 마지막 장면에 다다르면 암울함을 느끼게 된다. 이렇게 만드는 것은 괴물의 정체에 대한 궁금증 때문이다. 읽다 보면 금세 그 정체를 알 듯하다. 나도 처음에는 자본주의나 인간의 욕망이라고 생각했다. 한데 어딘가 아귀가 맞지 않는 부분이 생긴다.

괴물이 탄생하게 된 상황을 다시 돌아보자. 괴물의 최초 발견자는 주인공 놉이다. 놉은 공포에 질린 비명과 함께 등장한다. 그에게 괴물은 두려움이다. 연극이 진행되면서 다른 이들과 달리 놉만 그 두려움을 유지한다. 결국 그 두려움으로 사람들을 모두 죽인다. 두려움이 괴물을 만들었다고 볼 수도 있다. 그러니까 최초의 발견자인 놉이 괴물을 창조한 것이다. 한편으로, 인간을 보호한다는 이유로 마을 사람들을 모두 죽인 놉을 괴물이라고 여길 수도 있다. 괴물을 창조한 것도 놉이고, 괴물을 파멸시킨 것도 놉이며, 괴물 그 자체가 놉이다. 희한한 삼위일체가 형성된다.

괴물의 정체는 고정된 것이 아니다. 인간이 두려워하는 모든 것이 괴물이 될 수 있다. 괴물을 자본주의로 연상한 것은 내게 자본주의의 탐욕이 공포였던 경험이 있기 때문이다. 각자의 두려움에 따라 괴물은 다른 형태로 설정될 수 있다. 괴물의 정체를 쉽게 꼽을 수 없을지도 모른다. 인간이 두려움의 원천을 스스로 알아내기는 매우 어려운 일이라 그렇다. 이 작품의 매력은 독자(관객)들이 자신만의 괴물을 찾아내도록 만드는 데 있다.

작품에 나타나는 상징들도 따져보면 흥미롭다. 모든 인물은 나체에 가면만 쓰고 있다. 익명에 숨어버린 것이다. 개인의 정체성을 가리는 가면은 오히려 인간 종족의 정체성을 적나라하게 나타낸다. 가면이 벗겨지면서 개인의 정체가 드러나면 영혼이 보인다. 연극은 영혼을 딱 두 번 보여준다. 사랑에 빠진 놉과 릴은 가면을 벗어서 서로의 영혼을 확인한다. 그리고 마지막에 장로가 가면을 벗어서 바닥에 놓고 영혼을 간직한 것처럼 죽는다.

괴물을 공격하는 무기로, 가장 먼저 창이 등장한다. 무리라고 생각할 수도 있지만, 창은 십자가에 달린 예수의 옆구리를 찌르는 롱기누스의 창을 연상시킨다. 하지만 괴물의 몸에서는 피가 나오지 않는다. 두 번째 무기는 화살이다. 여기서는 화살에 맞아도 죽지 않는 성 세바스찬이 떠오른다. 세 번째 연상되는 인물은 사람들이 던진 돌에 맞아 죽은 최초의 순교자 스테판이다. 하지만 괴물은 죽지 않는다. 그러자 사람들은 주기도문과 비슷한 기도를 시작한다.

다음 날 태양이 떠오르고 상황은 바뀐다. 괴물이 제공하는 행복이 가득한 세상이 된다. 하지만 빛으로 가득한 세상에서 홀로 어둠을 찾아 떠나는 사람이 있다. 바로 놉이다. 놉은 죽음을 찾아 길을 떠나려고 한다. 놉에게 죽음은 탈출구이자 새로운 세상을 의미한다. 놉은 죽음과 천국의 존재를 장로에게 확인하려 한다. 하지만 장로는 죽음의 길을 가기보다 괴물과 싸울 것을 요구한다. 죽음은 두려운 존재는 아니지만 자살은 죄악이라는 상징을 이야기한다.

또 다른 상징은 이름에 있다. 놉Nob은 청각적으로 성경의 욥Job과 노아Noah가 연상되는 이름이다. 게다가 영어로 Nob은 '머리'라는 뜻과 '사회적으로 부유하고 높은 지위에 있는 사람'을 뜻한다. 마지막에 놉이 장로의 가면을 쓰는 것이 의미심장하다. 또, 발음상 영어 단어 Nope과도 차이가 없다. 부정하는 사람이다. 팀Tim은 Timothy의 애칭이다. 사도 바울의 절친한 친구이며 제자인 디모데가 연상된다. 이 부분에서 나는 놉에게서, 하늘에서 들려오는 예수의 목소리를 들었다는 사도 바울의 이미지도 느낀다. 바울은 종말론을 외치면서 재림 사상을 전파하며 초기 교회를 창설했다. 최초의 목격자인 놉과 그를 증언하는 팀이 이 콤비네이션을 떠오르게 한다.

장로長老는 원문에 L'Homme Vénérable로 되어 있다. 직역하면 '존경받고 나이가 지긋한 남자'라는 뜻이지만 장로로 번역했다. Vénérable이 가톨릭에는 부주교라는 칭호로도 쓰이지만, 장로 정도가 적당한 것 같다. 릴Lil은 백합을 의미하는데 성모 마리아를 상징하기도 하지만 순수하고 나이브한 이미지에 적합해서 이름을 붙였을 것이다.

놉이 기타를 들고 노래하는 장면은 부인 에우리디케를

잃고 슬픔에 잠겨 노래를 하다가 바쿠스 사제들에게 갈가리 찢겨 죽은 비운의 시인 오르페우스를 연상시킨다. 높은 기타를 치며 시를 노래한다. 그리고 작품에 등장하는 다른 인물들도 노래를 하는데, 고대 그리스 비극의 분위기가 물씬 풍긴다. 가면을 쓴 인물들이 남자와 여자로 나뉘어서 코러스를 부르는 모습이나, 오라클처럼 높이 꾼 악몽을 장로가 풀이하는 장면은 다분히 그리스적이다. 그리스 고대 연극은 원래 코러스만 존재했다. 그러다 코러스에서 한 사람이 나와서 코러스들과 대사를 주고받으면서 연극은 발전한다. 한 사람에서 두 사람으로, 두 사람에서 세 사람으로 점차 늘어나더니 다양한 연극적 장치들이 고안되어 발전된 것이 지금의 연극이다. 코러스를 통해 고대 연극의 에센스를 보여주려 한 작가의 의도를 알 수 있다.

이 연극의 중심인 괴물은 어떤 모습인지 시각적으로는 절대 관객에게 보이지 않는다. 그저 등장인물들의 설명으로만 알 수 있다. 공포라는 것은 눈에 보이지 않는다. 설명하는 사람만이 느끼는 것이기 때문이다. 행복도 마찬가지이다. 사람들에게 괴물이 공포에서 행복으로 다가오는 과정도 향기로 표현된다. 관객은 향기를 맡을 수 없고, 그저 대사로만 전해진다. 사람들은 행복을 위해 죽음을 선택한다. 아니, 죽음을 향해 스스로 걸어간다. 괴물이 관객에게 감각적으로 다가오는 것은 숨소리뿐이다. 숨이 붙어 있을 뿐인 괴물과의 싸움은 처절하기 그지없다. 우리가 공포와 싸우는 과정도 이와 같지 않을까?

이 희곡은 장scène이 아니라 시퀀스séquence로 이루어져 있다. 연극처럼 시간의 순서로 가는 것이 아니라, 사건을 위주로 하여 그 사건이 해결되는 영화적 흐름으로 진행된다. 왜 이런 형식을 택했는지에 대해서는 뒤에서 이야기하겠다. 이 작품에서 중요한 것은 감각과 인식의 문제이다. 인간은 감각을 통해 인식한다. 한데 이 감각이 없다면 인식에 어떤 문제가 생길 것인가?

이야기의 도입부에서 맹인은 아내에게 싸우는 소리를 들었다고 설명하다가 그 광경을 '보았다'고 말한다. 비꼬는 듯한 아내의 반응에도 맹인은 피가 흘러내린 장면을 시각적으로 생생하게 묘사한다. 시각 기능이 없어도 그 장면을 인식하는 것이다.

다음 시퀀스에서 농인 '용가리'가 등장한다. 농인은 청각은 없어도 시각을 통해 말을 인식한다. 맹인과 농인, 이 두 사람은 이후에 같은 침대를 밤과 낮에 교대로 공유하면서 살게 된다. 이는 서로에게 부족한 감각을 상호 보완하는 상징으로 보인다. 지하철 통로에서 구걸하던 맹인을 시험하던 아이도 감각으로 그가 진짜 앞이 안 보인다는 걸 인식하고 자기도 맹인이 되고 싶다고 말한다. 이는 사람들이 인식이 아닌 감각으로 모든 것을 평가한다는 것을 의미한다. 하지만 맹인은 인식으로 평가한다. 그가 노파의 집에서 기숙하는 선천적인 맹인에게 인식을 통해 색깔을 설명하는 장면이 이런 모습을 잘 보여준다.

농인은 자살 폭탄 테러를 시도한 범죄를 저질렀다. 고막이 터져 귀가 들리지 않지만, 영혼은 당시의 폭발음, 고함과 울음소리로 여전히 고통받고 있다. 이 역시 감각과 인식의 차이를 보여준다. 그는 자신을 술에 절이고, 몸에 불을 붙이면서 속죄하고 있다.

농인의 고백을 듣고, 맹인도 자신의 죄를 고백한다. 하지만 잠이 든 농인은 그 고백을 들을 수가 없다. 결국 맹인의 고백은 관객을 향한다. 맹인은 고문 기술자로, 매일 잔인하고 부당한 고문을 하면서도 죄책감을 느끼지 못했다. 그러던 어느 날 영상이라는 타인의 눈을 통해 그 끔찍한 범죄를 인식한다. 그 죄의 대가로 자신의 눈을 태양으로 지져서 멀게 한다. 눈이라는 감각기관이 진실을 인식하는 데에 아무런 소용이 없다고 여긴 것이다. 속죄하기 위해 이런 쓸모없는 감각을 태양에 제물로 바친다.

이런 맹인의 속죄는 공범인 그의 아내에게 고통을 안겨준다. 마지막 시퀀스에 항변하는 아내의 목소리가 들린다. 명령에 복종했을 뿐이라는 것이다. 고문은 우리만 하는 것이 아니라 다른 사람들도 하고 있고, 우리가 하지 않았어도 다른 누군가가 했다면서. 하지만 냉철한 맹인의 인식은 이를 용납하지 않는다. 우리가 저지른 죄는 용서받을 수 없으며, 우리의 영혼에 남은 더러운 자국은 죽음으로도 속죄로도 지워질 수 없다면서.

작가가 장이 아니라 시퀀스로 나눈 것도 맹인이 영상을 통해 죄를 인식하고 속죄하는 것에 기인하지 않았을까? 연극은 행위의 예술이고, 영화는 시각이라는 감각의 예술이다. 인간이 행위 속에서 인식하지 못하던 죄를, 타인의 시각이라는 감각을 통해 인식하게 되는 것에 대해 이야기하고 싶었던 것 같다.

잿빛 시간 또는 마지막 손님

이 작품은 조화와 부조화로 이루어진 부조리극이다. '소리'는 조화와 부조화를 표현하는 데 중요한 역할을 한다. 옆방에서 향수를 불러일으키는 바이올린 연주가 들려오면서 연극이 시작된다. 하지만 문을 여는 열쇠 소리와 함께 음악은 멈춘다. 남자와 여자가 들어와 자리를 잡고 대화를 시작하자 바이올린 연주자는 딸꾹질하듯 코드를 틀린다. 보통 음악에서 코드는 조화를 상징하지만, 극중 남자와 여자가 조화를 이루면 옆방에 사는 음악가의 코드는 맞지 않는다. 한쪽에서 조화가, 다른 쪽에서는 부조화가 나타난다.

여자와 음악가의 관계는 독자(관객)의 관점에 따라 해석이 달라질 수 있다. 음악가는 단순히 여자의 옆방에 사는 신경이 예민한 사람일 수도 있고, 여자와 깊은 관계일 수도 있다. 또한 여자는 나이프가 아니라 음악을 두려워한다. 눈앞의 나이프는 위험 요소가 아닌 꿈을 불러일으키는 수단으로 사용된다. 남자가 꿈을 꾸어보라며 나이프를 들이대지만, 여자는 두려워하지 않는다. 오히려 나중에는 나이프를 빼앗아 남자를 위협하기까지 한다.

날카로운 나이프와 달콤한 꿈이 어울리지 않는 것처럼,

음악가가 연주하는 바이올린과 권총도 엇나가는 느낌이다. 위협을 가하는 수단과 위안을 주는 수단이 한 공간에 공존한다. 여기에도 조화와 부조화가 동시에 드러난다. 여자와 남자의 관계가 로맨틱해지려는 순간마다 음악가는 여자의 방문을 두드리며 조용히 해달라고 한다. 심지어 두 사람이 사랑에 관한 대화를 나누면 못 참겠다는 듯 억지로 방문을 열려고 한다. 하지만 여자와 남자의 관계가 부조화로 흘러가자 바이올린의 코드가 맞춰진다. 둘의 관계가 부조화의 방향으로 갈수록 자신에 찬 연주 소리가 흘러나온다. 마지막에 여자가 졸면서 꿈을 꾸고 두 사람이 새로운 미래를 꿈꾸는 것 같은 대사가 이어지면 음악은 또 어김없이 빗나간다. 절망한 남자가 여자의 돈을 훔쳐서 방을 나서자, 열린 문으로 밤의 주술에서 풀려난 음악을 연주하며 음악가가 들어온다. 음악가는 잠들어 있는 여자를 향해 권총의 방아쇠를 당긴다. 마치 알베르 카뮈의 소설 『이방인』에서 주인공 뫼르소가 권총을 쏘면서 자아의 평형을 무너뜨린 것처럼, 음악가는 여자에게 총을 쏘면서 극이 진행되는 내내 존재하던 조화와 부조화의 평형을 무너뜨린다.

음악가는 왜 여자에게 총을 쏜 것일까. 밑바닥 인생을 살다 마침내 죽음을 바라는 그녀를 도와준 것일까. 여자가 기다리던 마지막 손님마저 그녀를 구원하지 못하자 직접 구원한 것일까. 아니면 이제 이제 막 완성한 음악을 더 이상 방해하지 못하게 제거한 것일까. 작가는 열린 결말로 우리에게 더 큰 질문을 던진다.

「전염병」은 현대 문명의 부패와 몰락에 관한 작품이다. 팬데믹으로 우리는 전염병의 공포와 격리의 답답함을 충분히 경험했다. 작가는 코로나19 바이러스보다 더 강력한 바이러스를 이 극에 끌어들인다. 바로 '자살 바이러스'이다. 그런데 연극의 후반부에 다시 살아나는 의사와 설득사를 보면 일종의 흡혈귀들이 번식하는 것과 비슷하게 진행된다. 죽은 이들의 목을 자르지 않으면 다시 살아난다는 것을 암시하는 소방관의 대사를 통해서도 드러난다. 결국 도시 개발업자라는 흡혈귀들이 퍼트린 자살 바이러스가 어떻게 작동하는지를 보여준다.

작가는 '구조자'라는 구원의 이미지를 등장시켜 종교적 상징을 사용하기도 하고, 잠자는 여인과 같은 동화의 상징도 사용한다. 한편, 시니컬한 의사와 엉뚱한 소방관들, 그리고 이상한 논리를 펼치는 설득사까지 등장하면서, 이오네스코의 「대머리 여가수」와 같은 분위기를 자아낸다.

우리 문화가 가지고 있는 클리셰를 비꼬는 부분들도 여기저기에 보인다. 죽으려는 여인을 살려낸 남자는 그녀의 미모 때문에 여인이 원치 않는 책임을 지려 한다. 남자는 구원자에서 스토커로 변신한다. 이는 구원을 바라지 않는 사람들을 구원해주겠다고 졸졸 따라다니며 전도하려는 일부 기독교 광신도들에 대한 비판으로 보인다. 인간의 생명을 구하는 것이 직업인 의사는 창문 밖으로 뛰어내려 생명을 버리는 일을 벌인다. 마지막 심리학자인 설득사는 성공학 책의 한 대목을 읽으며 설득을 시도한다. 구조와 진화가 직업인 소방관들은 살인을 전문으로 하며 보고서 작성에만 신경 쓴다. 이들은 종국에는 서로 죽이면서 자신의 욕망을 채운다. 부활했다가 다시 서로를 죽이기도 한다. 하지만 이들의 계획은 평범한 남자1과 남자2에 의해 수포가 된다. 타고 도주할 헬기가 망가져, 결국 밀고 들어오는 불도저에 전부 사라지고 만다.

권력자는 신도시를 건설한다며 주민들을 헐값에 쫓아내고, 뇌물 준 건설업자에게 빼앗은 토지를 헐값에 넘기고, 건설업자는 콘크리트로 고층 아파트를 올려서 커다란 이익을 챙긴다. 부동산 업자와 언론은 투기 바람을 일으켜 사람들이 무리하게 대출받아 아파트를 사게 만든다. 일반 서민에게 빚이라는 짐을 얹어서 노예로 만드는 것이다. 그들이 일한 돈은 대출 이자로 전부 빠져나간다. 방법이 없으니 죽음으로써 이 굴레에서 벗어나려고 한다. 이들이 죽으면 담보로 잡혔던 부동산이 은행에 넘어간다. 자살 바이러스는 이렇게 우리 현실에도 퍼져 있다.

길

「길」의 주인공은 건축가이다. 일반 건축가가 아니라 세상의 모든 도로를 짓고 싶은 건축가이다. 그래서 이름도 에드몽 뒤베통Edmond Dubéton이다. 에드몽은 영어의 Edmund와 같은 이름으로 '부유한 보호자rich protector'라는 의미가 있고, 뒤베통은 콘크리트를 뜻하는 프랑스어 du béton과 철자가 같다.

건설업을 보호하는 사람인 것이다. 이런 그의 꿈은 현실이 되어서 시장이 축하 피로연까지 열어준다.

무대는 모든 것이 흑백으로 이루어진 회색에 가까운 그리자유 같다. 콘크리트색이 연상된다. 작가는 지문에서 이 이야기가 건축업자의 악몽이라며 안심하라고 말하지만, 역설적으로 우리에게 더 현실처럼 다가온다. 도덕과 법이 사라진 세상에서, 생존하기 위해 잔존하는 에너지인 가솔린을 탈취하려는 폭력만이 존재하는 영화 〈매드맥스〉처럼 미래의 디스토피아를 그린 느낌이다.

내가 지금 살고 있는 도시를 찬찬히 둘러본다. 흙을 보는 것이 쉽지 않다. 기껏해야 시에서 조성한 가로수나 도로변 화단의 흙이 전부이다. 도로를 깐다는 명목으로 흙을 전부 콘크리트나 아스팔트로 덮어버렸다. 우리는 자연에 존재하던 흙을 돈 주고 사서 화분에 담아 식물을 키운다. 이 작품에 등장하는 '길만 존재하는 세상'이 아주 가까워 보인다.

땅이 없으면 식물이 자라지 못하고, 식물이 자라지 못하면 먹거리가 사라진다. 먹거리가 사라지면 서로 잡아먹을 수밖에 없다. 작가는 이러한 세계를 상정하고 일어날 수 있는 상황들을 그려낸다. 태양과 자연이 있던 전설의 시대를 꿈꾸는 사람들도 있고, 죽음을 기다리는 이들도 있다. 여기서 죽음은 자신의 죽음이 아니라 타인의 죽음이다. 학자는 성경을 발견하고 스스로 읽는 법을 배운다. 세상과 반대의 길을 가는 사람도 있다. 사랑하지만 만날 수 없는 연인도 존재한다.

바보(미친놈)도 존재한다. 세상은 이 바보에 의해 새로운 창세기를 맞이한다. 죽은 연인을 묻기 위해 콘크리트를 깼는데, 흙이 발견된 것이다. 사랑하는 여인을 땅에 묻자 풀들이 자라나고 열매가 열린다. 죽은 사람을 식량으로 여기는 시대라, 바보는 시체를 땅에 묻었다고 비난받는다. 하지만 그 땅에서 자라난 사과나무가 안개를 걷고 태양을 불러온다. 다른 이들은 바보를 미친놈이라고 하면서 길을 떠난다.

악몽 속을 헤매다 사과나무를 발견한 뒤베통은 천국이라며 달려든다. 바보는 이곳은 자신의 천국이라며 그를 막는다. 모든 이는 자신만의 천국을 가지고 있다며, 뒤베통의 천국은 도로라고 정의 내려준다. 자신이 만들었으니 최후의 날까지 그 길을 돌라고 일갈한다. 그제야 이곳이 지옥이라고 뒤베통은 울부짖는다. 이야기는 악몽에서 깨어난 뒤베통이 운전석에서 죽는 순간 끝이 난다.

작가가 우리에게 주는 메시지는 명확하다. 콘크리트 바닥을 깨면 자연스럽게 천국이 우리에게 찾아온다는 것. 따로 씨앗을 뿌릴 필요도 없다. 이미 뿌리는 콘크리트 밑에 살아 있다. 내일 지구가 멸망해도 한 그루의 사과나무를 심겠다는 말을 그대로 구현한 작품이다. 신은 하늘에 있지 않다. 자연 모든 것에 신은 깃들어 있다. 자연을 살리면 자연이 우리를 살린다. 작가는 이런 희망을 갈구하지만, 추신을 덧붙임으로써 그래도 인간은 도로 건설을 멈추지 않을 것이라는 절망적인 예언을 던진다.

독자 북펀드에 참여해주신 분들입니다. 고맙습니다.

강석열 강정옥 강지혜 강호제 강홍규 경성대 교수 정종연 고롱마리
고민경 고소라 고양 고영경 고재귀 구교민 구형민 권용신 권유미
권은경 김경수 김경진 김경진(2) 김남희 김다윗 김대영 김도연 김동현
김리안 김문선 김민서 김민지 김민하 김보근 김상백 김상우 김서경
김성렬 김세진 김수정 김수현 김순향 김시영 김연재 김영미 김영수
김영한 김용돈 김용태 김우석 김유운 김윤해 김은지 김이안 김재니
김재원 김정규변호사 김정민 김정수 김정원 김지원 김지혜 김지혜(2)
김지호 김진형 김태연 김하은 김호균 김효원 나미영 나홍준 남기욱
남상미 남소라 노희원 농협박영호 단비 두성일 라라몽 레나 이동은
류소현 류승민 류인숙 맹민지 메두사 민희 엘러스 바다아빠 박규현
박근화 박다애 박동근 박동석 박두현 박명진 박미현 박민우 박민지
박새봄 박선영 박세진 박세훈 박아름 박영주 박윤혜 박은부 박은정
박인요 박지혜 박찬웅 박철민 박한철 박해영 박희인 배한결 배현숙
백수영 변명희 삼팔최진섭 서서히 서예원 서제교 서창명 선울당
셀백 이극모 소오강호동방불패홍락 손진우 송민석 송승훈 송이 송인성
송호성 스펠바운드 김희정 시애틀소영 시에나 신수진 신승주 신승학
신승호 신예진 신정희 신현희 심길용 안경희 안진영 양아름 양찬효
양현준 양형수 엄대섭 에피 여상포 여은영 염지현 영 예슬 오대웅
오미향 우헌수 위재하 유광열 유근주 유동훈 유원규 유이월 유주병
유현범 윤경희 윤동한 윤민권 윤연아 윤은하 윤은혜 윤지은 윤진호
이가영 이가현 이강숙 이강영 이강환 이강훈 이경미 권필수 이경원
이규민 이근혜 이다혜 이도연 이동은 이민선 이민아 이범식淸貧
이병진 이석현 이선영 이선주 이소영 이승준 이승혜 이애월 이연슬
이영주 이옥태 이용국 이원수 이유경 이유선 이율린 이은수 이은혜
이의수 이재경 이종근 이종빈 이수연 이루에 이문투 이시니 이찌민
이지연 이지연(2) 이지용 이진영 이진우 이창현 이태오 이하나 이혁노
이형아 이혜은 이홍소영 임성실 장연재 장욱 장일호 장지은 전구주
전병준 전유진 전지원 전지현 정가은 정미경 정석규 정선 정승진
정우영 정지윤 정한성 정해상 조성욱 조성은 조영규 조이스박 조재희

조혜원 주영범 주진형 지나 지동섭 진주현 진하임 진한아 진호친구
진홍설 채윤정 챠디 최나현 최리외 최민아 최보희 최상락 최재선
최정훈 최종희 최지연 최지훈 최진영 최진영(2) 최하영 최현숙 최형욱
털뭉치 펠릭스 하승우 한성구 한소영 한송이 한수정 한숙 한영배
함영덕 함찬용 햇빛 향이 허선혜 허윤희 허준용 현진 홍경님 황수빈
황수지 황현아 황혜선 (주)썸텍 강태권 dd galleynamu GWJW heee
James Lee Jay Moon kimblanc Mr 펭귄 SEOMJ SY SONG TOMS
TREE zabel

옮긴이 박철호

연극 연출가. 최근에는 주로 희곡 번역과 드라마트루기로 연극 작업에 참여하고 있다. 지난 30년간 유럽과 미국 뉴욕 등지에 거주하며 다양한 언어를 습득했고, 2,000여 편이 넘는 공연을 관람했다. 현재 계원예술대학 겸임교수로 재직 중이며, 지은 책으로 『베를린, 천 개의 연극』이 있다.

르 몽스트르

초판 1쇄 2023년 4월 6일

지은이 아고타 크리스토프
옮긴이 박철호
펴낸이 김태형
펴낸곳 제철소
출판등록 제2014-000058호
전화 070-7717-1924
팩스 0303-3444-3469
제작 세걸음

right_season@naver.com
instagram.com/from.rightseason

한국어판 ⓒ 제철소, 2023

ISBN 979-11-88343-61-4 03860